在時間的河床上抒寫

作家詩人訪談錄

蘇曼靈　著

目錄

一

作家專訪

寫下一個時代的荒謬——朱少璋專訪

　　朱少璋，香港浸會大學語文中心高級講師。國際南社學會、廣東南社學會、香港作家協會會員。香港出生並在港接受教育，曾任教中學，後轉任浸會大學教職。公餘熱衷參與文化藝術活動，曾獲邀出任舞台劇文學指引、電台文教節目主持；歷任香港學校音樂及朗誦協會評判和選材委員。多年來從事文學研究、詩文創作及中文教學。近年尤專注於粵劇文獻及粵調唱詞的整理工作。

獲獎只不過是作品與評判的緣分

蘇曼靈：散文多次獲首獎和推薦獎，願聞自我解讀和評價。

朱少璋：散文是我的主要文體，得獎與否，是評判的遊戲，作品再好，與是次評判的品味不符，恐怕也與獎項無緣。我的散文，較為傾向書卷味。也就是說，我的文字，有別於專欄或雜文的寫法，不是回應一件事或一個時事，我寫每一篇散文都是經過部署和經營的，修改完在報章和雜誌發表後，再從中選擇適合的文章，再修改，並放進文集，被收納成書的文章數量不會太多，十幾二十篇而已，風格較為集中。有些讀者看我這一類的散文會比較吃力，但是，有些評判可能就偏好這類不太容易讀懂的文章。董橋先生的文章，我至今都未必能讀懂每一篇，或許，這正是我一直喜歡讀董先生文章的原因。每讀到董先生文中提到的我不認識的作家或者作品，或是引用的某一篇文章，又驅使我去了解一番，無形中，自己也學多很多學問。當然，好像董先生那樣出神入化的文字，一樣有人不喜歡，這也是讀者與作者間的品味隔閡所致。我想，我那幾本僥倖獲獎之作，也是因為剛好與評判的品味相通而已。以我的年紀，獲獎固然是鼓勵，但我更希望年輕人獲獎，所以我在學校舉辦文學比賽，以此鼓勵年輕的寫作者。對於學生落選作品，我會以我自己看待參賽的經驗與大家分享，不是他們的作品不好，而

是他們的作品與是次參賽評委的品味不相符而已。

古典的延續

蘇曼靈：請談談朱氏散文的風格。

朱少璋：我曾經公開以「古典陌生化」來總結我前幾部散文集的寫法，簡單說，就是使得讀者在閱讀時有一種surprise，有新鮮感，但那種新鮮感是把讀者未曾接觸過的或者遺忘掉的古舊和古典，經過我的部署和經營，以全新的面貌呈現給讀者，那是一種有根基的創新，大量引用典故並以新視覺重新演繹，我將此稱之為「古典陌生化」。

蘇曼靈：你開始寫作就以散文為主要體裁？

朱少璋：我畢業以後，在中學教書已開始寫作，以散文為主要體裁。

蘇曼靈：你有沒有曾經懷疑過自己的寫作能力？

朱少璋：一直都懷疑，下筆的時候總是如履薄冰。但這種「懷疑」並非沒有自信心，作家都應有一點點「自負」，我的「懷疑」是要自己不斷追求。事實上，寫作是無止境的，要不斷探索，不斷追求。

蘇曼靈：請談談你的閱讀經驗，以及對你有影響的作者與作品。

朱少璋：我始終是古典出身，每談起這個問題，都免不了要提到董橋和周作人。從我的藏書，你可見我對兩位名家的崇拜。我總覺得，董先生多少也受周作人影響，

周作人承傳自明代公安三袁脈絡，這是有跡可尋的。兩位先生承傳的都是純文藝的寫法，但風格又有所不同，董先生的文章氣勢看上去要比周作人的規模較為宏大。篇幅較長的文章，我會比較欣賞董先生的寫法。寫作是這樣的，如果文章的架構碩大，寫作者必當認真處理，同時則不得揮毫瀟灑，而周作人，他隨便寫一封信都可以是一篇很好的散文。從性格上來說，董先生也相較周作人謹慎、精細。董先生的散文多數篇幅較長，他在《蘋果日報》的專欄，是最不像專欄的，他那些文章的起承轉合全部有鋪排。明朝的張岱也非常不錯，不能不提。我會反覆讀他們的作品，並朗讀，甚至背誦，因為好的作品必有音樂感，一定會琅琅上口。比如：讀董橋的長句，該在甚麼位置停頓，周作人的文白夾雜等等。

任何體裁的創新都值得嘗試

蘇曼靈：你是古典出身，脈絡是規矩且正統的傳承。對現代散文體裁的多變有何見解？是否有堅持文學體裁「正統」或「純正」的觀念？

朱少璋：對此我是相對寬鬆的。因為職業的影響，我不反對學生嘗試創作新的散文體裁，但我不會鼓勵。其實，寫散文是很痛苦的，在創作的時候，寫作者如何找到突破的瓶口，並不容易。我常對學生說，寫散文的基本

功很重要，因為這種文體講究的是「筆」，如果喜歡寫散文，希望以寫散文為自己的看家本領，就要抱有將來成名家的志氣，大量閱讀前人的優秀作品，模仿之餘必須要突破；「如何突破」正是散文作者的痛苦之處，前人的作品已經那麼好了，後人總希望在散文的體裁、主題、語言運用等方面謀突破。所以就出現了譬如散文詩、散文小說之類的混合文體，看上去很有特色，成果是否成功，我不敢斷言。因為「特色」可以是優點，也可以是缺點。在我看來，這些嘗試，也正正體現出散文創作的痛苦。而我自己在遇到散文之痛後的突破就是將散文和古典混合。我不敢說我這樣的寫法是原創；或者說，古典是我的風格，但我創作的體裁主體仍然是散文。大家都在嘗試不同的組合，尋找變化以突破，在我看來，將不同體裁糅合的寫法，關鍵在於糅合的程度，不容忽略散文的份量，散文的味道不可失。相對而言，我的文學觀是比較傳統和保守的，但在教學上，我必須逼自己採取開明的態度，雖不鼓勵，但也不反對創新，我會告訴學生，任何想法都值得嘗試，關鍵是成果，再豐富再前衛的設想，也必須實踐，唯作品有發言權；另外，不要過早追求特色和風格，因為特色和風格是不講對錯的，基本功才是最重要的訓練。在教學上，如何拿捏學生作品的品質會比較為難，一方面不想扼殺學生的創意，另一

方面，又要要求學生腳踏實地。

「超越前人」是我的痛苦，也是動力

蘇曼靈：你剛才提到「散文的痛苦」，能否談談此痛苦？

朱少璋：因為寫散文難在突破，除非寫作者不想進步。我說的
突破，並非指突破自己，而是從文字的美感、意境、
思想、結構、韻味等方方面面的突破。其中，韻味最
難做到。董橋的散文就很有韻味；如果單從字面看，
你會覺得周作人的散文粗疏，魯迅的散文也很粗疏，
學寫散文根本不應該讀他們的文章，但是，很多人都
能夠從他們的散文學到很多東西，這表示，韻味不是
外在的東西，不是單從字面上可以看出的，而是一種
由內而生的、輔以文字的真實的情意或意境，好像喝
了一盞好茶後的留香或餘韻。

蘇曼靈：目前而言，你自己的「散文的痛苦」呢？

朱少璋：我現在最大的痛苦就是：珠玉在前。比如我前面提到
的張岱、周作人、董橋。周作人是無法超越的，只能
是，他向東，我向西，我沒有他那樣的學問，也沒有
他那樣的生活；董橋也是無法超越的，因為他寫的是
他個人的經歷。我唯有向其他方面做嘗試，比如，
我有一本散文集《小字雙行》，就做了兩個小突破：
第一，篇幅上的突破，這其實是五、六萬字的一篇長
篇；第二，排版上的突破，我採用了「小字雙行」的結

構。我寫了這麼多年的散文，不僅要在內功和筆力上有突破，外在形式與形象，也要突破，不重複自己也很重要。今年書展我有本新書《消寒帖》，是在 2012 年至 2020 年所寫的文章中，選出二十四篇，這些散文最能夠代表現階段朱少璋散文的特色，對比之前的作品是否有突破，期待讀者判別。

所以，學習寫散文這條路一點也不容易，寫作者必須對自己有高要求。

要求自己做到「文如其人」

蘇曼靈：對「文如其人」一說，有何見解？寫作者的人品、情操、三觀對其作品是否有一定的影響？你會不會以個人標準去看待作者與作品？

朱少璋：我不會以小人之心去看待別人的作品。但我會要求自己做到「文如其人」，以「我」為散文的人稱，需要將虛構的成分最小化，表達我最真摯的情感和思想。當然，有些作者認為寫散文可以百分之百虛構，但我的文學觀點比較傳統。對於這一類文章的情感真假，我不會作過多的猜度，我只會從文章的質量去賞析。比如，我很少寫自己的家人，我的散文，多數是我個人對一些事情的看法。談到看法，自然與一個人的人品、情操、三觀、學問、經歷有關。很多人譴責周作人是漢奸，漢奸是一個卑劣的稱呼，他的文章充滿小

資產階級情調，周作人說自己吃狗肉，又說，天天吃狗肉，狗肉都變得不好吃了。再比如，董橋，簡直就是玩物喪志，但是，他和周作人一樣，都是很真實地表達自己的性情，使得讀者受其感染。再舉例，胡蘭成，他寫到對女性的看法，認為女人可呼之則來揮之則去，被現代的女性主義者痛罵，但是他表達的也是自己真實的想法，而且文筆確實好；郭沫若的古典詩堪稱一絕，可是他的新詩，卻多為政權大放厥詞的馬屁詩。

每個時代總會出現不同價值觀的寫作者，就留給文學史去做評價吧。

荒謬與美好都是真實的存在

蘇曼靈：你主張散文虛構嗎？

朱少璋：散文如果加插寓言，當然可以虛構，但總體上散文還是應以真實為主。記得 2018 年文學雜誌《字花》第 47 期改版，編輯黃怡小姐約稿，希望我能寫一篇文章談談散文的虛構元素，我寫了〈虛構與撒謊〉，嘗試理清散文中虛構與撒謊的界線，其實講的就是「真實」的問題。同期雜誌樊善標教授也寫了一篇〈散文文類真實性之源〉，他說得好：「如果現代的小說以虛構為再明顯不過的標誌，『本色』的散文最好反其道而行。」我十分同意。

蘇曼靈：「以文字揭露現實」和「以文字歌功頌德」，請談談不同價值與意義的書寫對讀者和社會的影響？

朱少璋：中國傳統文學一直是雙線而行，一類是諷刺或直接間接道出政府的黑暗面、對政府的不滿；另一類就是歌功頌德。《詩經》裏的風雅頌，同樣是正面地歌頌或道出當政者的功績，讚美和頌揚祖先的偉大，以及軍事活動的成功等，即使後來因為政治的變化而出現「變風」和「變雅」，卻依舊不變「頌」，始終穩重嚴肅地講出朝廷或相關的歷史，如果說中國傳統文學其中一個重要的源頭是《詩經》的話，早可見端倪。所以，文章的價值和意義，並非當代人需要面對的抉擇，古人早已面對，值得歌頌的，就去歌頌。當然，能流傳到今日的歌頌作品是相對少的。因為歌頌的作品，深刻性不夠。通常寫作者在書寫反映黑暗和腐敗的時候，會有更深的感觸，筆下的文字自然更容易觸動讀者，引起共鳴，所以能流傳至今的唐宋詩詞名篇，很多都是傷春悲秋的。至於不同價值和意義的書寫對讀者和社會的影響，任何文獻對後世，均具有研究和在民間流通的意義。而實際上，讀者普遍喜歡看傷感的或者揭露和批判性的文章，絕大多數讀者似乎都抱有一種「反高潮」的閱讀心態，排斥正面的積極的陽光的歡快的內容，偏愛陰暗、晦澀、醜陋、邪惡、爭鬥……比如《紅樓夢》，反正是虛構，曹雪芹為甚麼不寫一部「永不敗

落的大觀園」？也就説，一個人的人生或者一個社會的
黑暗面，對寫作者與讀者的衝擊更大，感觸更深。

蘇曼靈：請談談散文對社會與民瘼的關懷。

朱少璋：因為散文可以直接評論，在回應社會或民生的問題
上，可以很直接、很有效率，相對而言，詩或小説在
這方面就顯得比較間接。當然，間接有間接的好處，
詩或小説在反映社會現實或關懷民瘼上，一樣可以很
深刻，只是散文在「直接回應」或「即時回應」上會有
一點優勢。

蘇曼靈：你認為作為寫作者，書寫應該為自己負責還是對社
會、對讀者負責？

朱少璋：以我來説，暫時我的書寫僅為自己負責。我每發表一
篇文章或者出版一部作品，必須忠於自己；其次，可
能我有文字潔癖，我會以嚴謹的態度修改作品的「修
辭」。比如我編著的學術文獻，有讀者會提出批駁或異
議，我只能説，在我編著此書的那一刻，我已經傾盡
全力。我知道有些寫作者可以同時以寫作者和讀者的
角度去書寫，這樣的確很立體，可惜我做不到。
社會運動以來我發表過一些對時事和政治的看法和短
評，都是以我個人為出發點的想法和情緒的主觀書
寫，我以文字及時回應了一件社會事件的同時，也平
衡了自己的情緒。事實上，我並不相信這類文章可以
改變一個人的想法。文學作品例外。

作家與他的虛榮心

蘇曼靈：不同時代的文明均有好壞有優劣，這樣的好壞和改變
　　　　對文學和藝術創作有甚麼影響？請以香港為切入點談
　　　　一談。

朱少璋：我有一個比較主觀的想法：文明越進步，文學和文化
　　　　越墮落。香港的物質文明在世界排於前列，但是香港
　　　　很特別，有很多寫作者刻意與物質和利益抗衡，特別
　　　　是年輕那一輩，不顧生活拮据，甚至有些住在板間房
　　　　或狹窄的劏房，也要堅持書寫。其中不乏思想深刻的
　　　　作品。我自己，很難想像沒有冷氣的日子；但是有些
　　　　年輕人以文學作品或者藝術作品講環保，在現實中掙
　　　　扎，與不公義抗衡，那才叫血染的風采。對此，我衷
　　　　心敬佩且自愧不如。所以，他們無法寫出我們這一輩
　　　　的作品，我們更不可能寫出他們那樣的作品。

蘇曼靈：不同時代，不同國家的寫作者，均會以詩歌、散文、
　　　　評論等文體，讚美、對抗、分析一個政權的優劣，你
　　　　認為現當代華語作品對這個時代還具有影響力嗎？

朱少璋：內地有很多尖銳、大膽批判政權腐敗的、不媚俗的作
　　　　家和學者。當然，這類作品的量不多，我主要也是
　　　　看作品的質而非量。香港也有，比如韓麗珠的作品，
　　　　反映現實，批判現實，而且夠深入；廖偉棠的詩作和
　　　　攝影，均緊貼時代和政治脈搏，他目前雖暫住台灣，
　　　　卻始終保持着人文關懷，對香港不離不棄。我相信，

二十年後，他們這些作品也不會被淘汰，依舊是中流砥柱。

蘇曼靈：文學作品若牽涉政治，如何才能避免被政治人物利用？

朱少璋：這樣的寫作者必須要耐得住寂寞，才能避免被人利用。但其實是矛盾的，不好名氣的人又不可能成為作家，或許「想做作家」這一理想，始終帶有虛榮心。有時候，政府或者一個政權可能會以名利誘請一些人替他們大放厥詞，或者做政治文膽。我常以郭沫若為例，他如果不向政治靠攏，也不會那麼出名。所以，一個能夠甘於寂寞的寫作者，他被人利用的機會相對少很多；無論支持或反對政府或一個政權，如果能做到不為名利而寫，起碼不會違心。

自由收窄，反而會很珍惜

蘇曼靈：以香港目前的情況，藝術和文學創作及出版自由是否嚴峻？

朱少璋：語言傳意學主要有：書寫和口語兩種表達方式。或者有人認為，書寫受限，可以靠演講和辯論。組織思維，然後用語言和文字去表達，使得人類有別於動物，人一旦不能暢所欲言，即淪落到動物性生存的地步。目前的「自由」是比較被動的。

其實，即使絕對的自由放在眼前，我們也未必會完全

享受和用盡。但一旦自由收窄，反而會很珍惜。對我來說，香港目前的政治形態似乎來得快了點，我是感到有點壓力。我會開始思考，我寫的東西會不會觸動法律？但後來想想，其實最終判斷你是否犯法的，並不是你寫了甚麼，而是對方如何去理解你所寫的內容。如果香港的法制步入非理性的地步，那麼，任何人都無法清者自清，獨善其身。

紙媒始終有它存在的價值

蘇曼靈：世俗和平庸在今天互古未有地強大，網媒使得文字的流通和可讀性以「在日常生活中行動」的方式而存在，文字如此氾濫，還有必要認真對待寫作和出版嗎？

朱少璋：文字並非必須以嚴肅的方式存在。任何形式的文字，無論以怎樣的方式流通或發表，都有不同的價值和意義。正如思想一樣，每個人都認為自己善於思考，認為自己的見解獨到，社交媒體中的言論排山倒海、滔滔不絕，可是，真正影響人類和值得傳世的思想和文字，是歷史決定的，應交給時間做見證。紙媒始終有它存在的價值，實體書可以玩紙張的顏色、味道，玩字體與排版，玩封面設計等等。這些都是網媒和電腦做不到的。

蘇曼靈：寫作語言越來越日常化，對語言表達的風格，你有甚麼看法？

朱少璋：香港人講粵語，有些人主張「廣東話入文」，但實際
　　　　上，粵語與書面語有很大的差距，不可能完全「我手寫
　　　　我口」。我們今天的對話就不能直接寫成文，必須經過
　　　　提煉和重組，讀者透過作者的文筆了解到的語言風格
　　　　一定是經過作者修飾的。每位寫作者的思想不同，表
　　　　達不同，修飾的方法不同，致使文字表達的風格各異。

駕馭感性的獸，跨越理性的籬

蘇曼靈：散文所表達的情感是真摯的，反覆修飾的過程，會不
　　　　會使得文章原有的情感失色？

朱少璋：一篇文章的完成主要靠感性和理性的配合，理性是為
　　　　感性服務的，寫文章最重要的就是表達感情和思想，
　　　　特別是散文。作者處於較為理性的狀態，才能更好地
　　　　進行文章的編輯與修飾，而修飾必須要有底線，如果
　　　　修辭蓋過作者想表達的情感，不但會扭曲寫作者原有
　　　　的語言風格，甚至流於玩弄文字，文過飾非，使得文字
　　　　不自然，作者的情感和思想均不能真實表達。「我喜歡
　　　　吃蘋果」和「蘋果，我喜歡吃」便是不同人的語言風格。
　　　　我認為，文章可以保留寫作者固有的語言習慣，那種風
　　　　格代表了那位寫作者。所以，任何修飾都必須恰當。

蘇曼靈：你認為情感可以加工嗎？你會如何加工？

朱少璋：我將一篇文章的情感構成分為「先天情感」與「後天情
　　　　感」。當寫作者觸景生情、有感而發，想以寫一篇文章

來表達情感與思想的時候，這些感情，我稱之為「先天情感」，有這種情感促使，才有了我寫作的欲望；這種原始情感必須經過反覆思考和部署，我才會動筆去寫，寫下的文字經過反覆修飾後保留下來並呈現給讀者的情感，我稱之為「後天情感」。這大概就是你所說的情感加工。散文的情感，我喜歡「淡」。比如周作人，他本來就是一個悠然自得的人，下筆自然如水墨畫般濃淡適宜。而我是性情中人，愛憎分明，寫文章的時候，我必須壓抑自己的感性部分，控制住流出筆尖的感情，使得意輕情更濃。我認為，看上去恬淡的文字，更動人，更能勾起讀者遐想與回味。寫散文與寫詩歌和小說不同，詩歌要使讀者在有限的幾行字裏受到強烈的情感衝擊；小說和劇本則要做到情節的起承轉合，故事要有大小高潮之分，以牽引讀者的閱讀情緒。其實，情感澎湃的時候不適宜動筆。當然，有些人會認為，「淡」的並非就是「好」的，但以我寫作至今的領悟就是，「淡」就是我寫散文的追求。我年輕時寫下很多看上去有濃厚情感的文章，我今天看來，那是一種過於直白的表達。那時，我總是想將一件事背後的意思盡快寫下來，但是效果並不好，後來發現有很多方法可以表達，其中一種就是「淡」，而且效果更好。我們寫文章就是希望引起讀者的共鳴。而引起共鳴並不是越「直白」越濃才會越有共鳴，相反，越是隱

忍越是淡，使得讀者的印象更深刻。當然不同的文章
有不同寫法和技巧。寫簡單的社會政治評論，我就會
直接去說明。前面說的這些，都是寫散文的技巧。教
學生我就不會這樣說，我不希望他們取巧，寫文章的
經驗是一步步摸索領悟到的。

出版界的幸運兒

蘇曼靈：到目前為止，朱少璋作品種類豐富，你對自己的寫作／
出版狀態滿意嗎？未來在寫作上有何展望和計劃？

朱少璋：我的書基本上屬於小眾類，銷量並不理想，最好的也
只是賣出第一版；再版的話，一定會滯銷。寫作多
年，合作過的出版社，有獲益、三聯、中華、商務、
匯智等，無論是文學類書籍、學術書、粵劇專題的
書，出版社均給予我多方面的支持，使得我的出版很
順利。所以，我對自己的出版狀況很滿意。感謝很多
好朋友及出版社對朱少璋的信任，我想，這種信心並
非是對朱少璋作品銷量的信心，而是對作品本身的信
心和對作者的信任。比如，我第一次與商務合作的《小
蘭齋雜記》，一套書三本，不能分開售賣。我不敢想
像有讀者會冒險花幾百塊錢將整套書帶回家。幸得商
務不考慮銷量的問題，給予大力支持，卻料不到半年
已開始賣第二版。我想，出版社比我更了解香港的讀
者，知道香港讀者具備一定的文學欣賞水平。無可否

認，「三中商」這類大出版社是中資機構，很多人可能會有牴觸情緒。但在我看來，「中資背景」不應成為這些出版社的原罪。以我與他們合作過的經驗，所接觸過的編輯，學問和能力都很高，大家為了學術，為了文學，想盡辦法去編輯並出版每一部書籍，所以合作愉快；匯智是私人機構，合作也愉快。到目前為止，我自己的出版計劃，即使是冷門書，九成以上都可以實現。一直以來我都認為，保留學問或者一件事一個想法的最好方法，就是把它們變成一本書，所以才有了《粵謳采輯》，因為我重視粵語，不想它流失，粵劇必須用粵語表演，所以我花很多時間研究。

談到未來寫作的展望和計劃，我還是希望繼續兼顧「創作」與「研究」。散文集我是預計隔年出版的，希望在寫作上時間和精力都許可。研究或文獻整理的工作就不可能像散文般「定期」，研究或文獻書稿部頭大，寫作過程很花時間，比如已出版的《粵謳采輯》、《海上生明月——侯汝華詩文輯存》，成書前其實都花了好幾年時間整理材料。我目前尚在整理一批上世紀初中葉的粵劇材料，如時機成熟而又得到出版社支持，這很可能是我下一個出版計劃。

蘇曼靈：對香港新一代文學筆耕者，有何建議和期盼？

朱少璋：寫作這件事，思考比書寫更為重要。很多時，作品多產並不見得是好事。不停地寫，會導致為寫而寫，文

字易流於粗糙；下筆快，會使得思考不夠深刻，文章
的閱讀價值必定不足。一篇文章若要精於文筆，勝於
思想，豐於意象，內外兼具，必須是經過大腦審慎思
考和嚴密佈局。如此才能引起讀者的共鳴與反思的情
緒，產生探索與想像的興趣。這些話說出來有點老氣
橫秋，卻也是經驗之談。

結束語

蘇曼靈：朱少璋以一絲不苟的精神對待學問和文學，教學之
餘，大部分時間用在學術研究和創作。為學術著作，
他會花十年的時間蒐集資料，並參與每一部作品的封
面設計與校對，不容有誤，直到滿意為止。朱少璋說
自己的嚴謹是受恩師鄺健行老師啟發並影響，又提到
自己的私淑老師小思老師，旁觀小思老師多年來如何
建立香港文學資料庫，並學習其蒐集材料的方法。

朱少璋很謙虛，也絕對是耐得住寂寞的人；外界稱朱
少璋是學者和作家，他本人卻認為自己不過是書生。
這位書生不單對學問和寫作嚴謹，對中國的茶文化也
甚有研究。

回味訪問當日的一泡陳年白茶，耳邊縈繞着與這位書
生的對談，在茶蘼花後的季節，與書生相見。

* 訪問時間：2020 年 6 月 12 日。

信念篤定 忠於自我——梁科慶專訪

　　梁科慶，香港浸會大學人文及創作系哲學博士，任職香港公共圖書館。工作之餘寫作，著有《Q版特工》系列，《HoHo破奇案》系列，《在書架上飛行》、《文學想多了》、《有情香港故事》等。

我的創作因緣

蘇曼靈：甚麼原因促使你寫校園讀物？

梁科慶：我本無意寫校園讀物，我比較喜歡以淺白輕鬆的文
字、節奏明快的句子表達內容，無論是寫散文或評
論，我的文章均接近這一路線。本來寫作對我來說
是自娛，輕快的節奏是我一貫風格，出版社看出這一
點，便將我的作品包裝、歸類為「校園讀物」。校園讀
物在香港是出版界一個重要市場，學生對自己喜歡的
書籍亦不計較價錢。八、九十年代香港文學興盛，主
要因為校園市場被打開。我記得 2000 年前我的書銷量
非常好，很多學生整套買回家收藏。

蘇曼靈：寫青少年文學需注意些甚麼？

梁科慶：青少年是「三無」讀者：無耐性、無時間、無人生經
驗。如果書的內容不夠吸引，他們很容易便會放棄；
另外，當今的青少年，有太多比看書更有趣、更吸引
的玩意等着他們。基於這些因素，故事一開始便要夠
吸引，開場很重要。多數讀者一打開我的書就無法放
下，我通常採用懸念、推理的手法作為開篇。不止衛
斯理，很多小說都有這特點。

蘇曼靈：堅持寫《Q版特工》有沒有受到市場誘惑？

梁科慶：不會考慮金錢效益。我寫作純粹為了自我享受。一
個故事從構思到文字，這個過程沒有人明白，連自己
都不明白。有時構思存在大腦是模糊的，直到執筆完

成第一稿，才算有了框架，這個過程無法與人分享，構思過程會比較長，寫作從頭到尾都是獨立完成的工作，是孤獨的，但我享受這樣的孤獨。作品出版後，我就不再理會，很少翻看舊作，很多內容都忘了。

阿Wing早已成熟發展，自己演繹自己的故事，而我的角色，是為他的演出做記錄。不涉及市場誘因。

蘇曼靈：故事取材靈感何來？阿Wing這人物的雛形為何？

梁科慶：我的寫作很貼地，靈感源於日常生活的點點滴滴，所有素材均取自生活，取自大家所關心的事，甚至雞毛蒜皮的小事。有時，閱讀別人的作品亦給予我靈感啟發。最初塑造阿Wing，人物尚未成熟，我的方法是以007為反面原型，將007的某些習慣反過來，以此塑造阿Wing。譬如，007喜歡喝酒，阿Wing喝鮮奶；007花心，喜歡追求女性，阿Wing不會這麼做；大家都擅長打鬥，但阿Wing的招數是中國功夫；很多方面都與007相反，但是大家都是正義的。到後來，阿Wing漸漸培養出自己的個性，並隨個人經歷豐富而漸趨成熟。

蘇曼靈：會不會改變寫作方向？有沒有想過要寫校園讀物以外的其他作品？

梁科慶：其實我一直都有寫其他作品，有散文、文學評論等等，但讀者早已將梁科慶定性，甚至其他小說都不如《Q版特工》般受關注。我個人認為我寫文學評論是不錯的。

我的創作觀

蘇曼靈：坊間有人說，「這個年代小說已死，詩歌已死」。倘真如此，作品的生命力何在？

梁科慶：作品的生命力存在於作品本身，作品的生或死，取決於作者寫不寫，並非讀者讀不讀。任何年代，文學作品總有其全盛期和衰退期。不管環境好與壞，總會有熱愛寫作的人筆耕不輟，沒有讀者也會堅持創作。

蘇曼靈：有學者認為「詩歌在小說之上」，你同意嗎？

梁科慶：同意。詩歌的藝術性比小說強，需要有比小說更精緻的文字造詣。

蘇曼靈：作為寫作人，對生活抱有好奇和探索是不是創作的最大靈感來源？請談談你的創作方式與習慣。

梁科慶：一定是這樣的。我個人是很好奇的，對於不熟悉的事情，總有很強烈的求知欲。一個對世界與周遭不感興趣的人，欠缺洞悉世事的敏銳觀察，沒有關注世界與生活的態度，靈感與素材從何而來？而好的作品必須首先打動自己，才能打動讀者，以感情換取感情的共鳴，這很公平。寫作人，無論是深入世俗、涉足生活，或者足不出戶，都可以寫出好作品。有些人的創作靈感來自於書本，有些人源於生活。比如倪匡寫衛斯理，他的創作靈感來源於家中一本青少年科幻百科全書，是很舊的版本，科普內容或者已經過時，而衛斯理及原振俠的成功，全因作者想像力豐富與文字根

底好。

在創作上，我個人比較喜歡「實地」與「實景」，在我的系列作品裏，不乏體現，是我個人寫作習慣偏好。無論北京、日本、巴塞隆拿、澳洲等，每一次外出，在不同的地方，我都會充分利用行程，先靜靜感受當地的風土民情，將取景與見聞作為小說元素，拍照我是門外漢，文字我還可以，回家後會以小說「記錄」旅程。前面說過，阿 Wing 發展到現在，已經完全自主，梁科慶所能做的，就是盡量為阿 Wing 提供多一些故事素材及場景。我現階段的寫作，基本無需大綱，甚至沒有構思。故事一展開，角色人物自會上場演出，他們的演出地點在我的腦海。所以，沒人的時候，我會自言自語。

蘇曼靈：任由阿 Wing 和故事自由發展，會不會產生失控的局面？一旦失控，你如何去扭轉局面？

梁科慶：會失控，而且經常失控。遇到這樣的局面，我不會人為扭轉，多數任由角色自由發揮。當然，到了情節失控，作者要有能力駕馭，至少可以自圓其說，不能把所有怪事，推卸給外星人，外星人又飛走了，欠讀者一個解釋。所以，我享受情節失控，因為情節就連作者也出乎意料，這對於作者是挑戰，對於讀者是驚喜。

蘇曼靈：請問阿 Wing 功夫的招式名稱從何而來？有沒有參考金庸或其他作者的武俠小說？

梁科慶：我年輕時習武，仍記得一些招式套路，需要時也有參考資料，譬如「洪拳」和「詠春」的功夫書。我有些武功根底，比較容易處理武打場面，書中所用的功夫都是比較實用的。老一輩的武俠小說作者，他們沒有功夫底子，如金庸小說，都是虛擬招式，沒實戰效果，與我的寫作風格不同。

蘇曼靈：小說如何帶給人共鳴？如何讓讀者理解作品中的各種元素？如何引領讀者進入小說的境界？

梁科慶：文學創作是一種藝術行為，藝術應沒拘束與限制，不應帶有目的而寫，例如為某階層服務、為某類讀者而寫。有些作者在寫作的時候心中有讀者，有些沒有。我屬於後者。如果心中有讀者，落筆多少會受影響。無論作品是甚麼題材，虛構成分有多少，唯獨感情是真的。一部作品在醞釀期就先感動作者，作者以文字帶出感情去呼喚讀者的感情，引起共鳴，這很公平。譬如，我在寫《Q版特工》第十一集「再見真生」時，剛好一位長輩過身，於是我把自己的傷感寫進故事中，甚至一邊寫一邊哭，作品完成後幾個月都無法釋懷。當年這部作品推出後，引起很大反響，我去中學演講，有個高年級的男同學說，他看了幾遍都哭。其實結局我可以不讓女主角死亡，但是，女主角的死亡是情節的必然發展，我不是主宰一切的作者，不想刻意阻攔。而事實是，在文學世界裏，悲劇是一種更高

層次的美，深深觸動讀者的心靈。「再見真生」女主角的死亡令阿Wing受到很大的打擊，也令阿Wing從此成熟。這一點也是小說的生命力所在。

至於理解及進入作品，我自覺《Q版特工》文字已夠淺白。時有小學生、小讀者寫電郵問我，這裏怎麼解？那裏甚麼意思？

我通常答覆：不懂再看，再不懂長大後才看。

因為作者的角色不應是解釋作品。

閱讀與創作

蘇曼靈：請談談閱讀對你的啟發，以及你喜愛的作者與作品。在寫作上，你有啟蒙老師嗎？

梁科慶：我讀書很「雜」，甚麼書都看。每一位作者或每一部作品都有我可以借鑑或比較的地方，例如劉以鬯的實驗、也斯的拼湊、倪匡的節奏、金庸的氣魄、歐亨利的結局、村上春樹的輕淡、海明威的沉重、卡夫卡的象徵，都有我值得學習的地方。我個人比較喜歡日本作品，或者歐洲古典、中國古典。好的作品我會反覆閱讀，例如《紅樓夢》、《挪威的森林》等等。

我沒啟蒙老師，從前求學時，多讀少寫，沒信心可以出版，覺得成為作家是遙不可及的事。大學畢業後，在圖書館裏工作，奇怪為甚麼讀者不借閱魯迅、朱自清、沈從文等的文學名著，反而大家常借的書，我都

沒看過，於是找幾本來看，看完後，覺得自己應該可以寫得更好，覺得與作家和作品的距離突然拉近了，從此開始多寫。

蘇曼靈：請問你認為寫作的天分與後天努力的比例是怎樣？

梁科慶：天分約佔七成。寫作固然可以訓練，但僅限於文字與技巧的訓練，對周遭事物的觸覺，對情緒的感應，還有觀察力、聯想力，就難以訓練了。

一個欠缺想像力的人，感官不夠敏銳的人，對事物與環境的體認不會深刻，事事無動於衷，不可能握住突如其來的靈感，轉化為作品。

一個人天生具備的生理與心理素質，同時也是寫作天分的必要條件，好奇、敏感、敏銳、悲憫心、同理心……諸如這些，是後天無法培養的。

信仰與創作

蘇曼靈：科慶是基督教徒，宗教信仰是否會對寫作的思路形成一定的規範或束縛？

梁科慶：作品反映作者的人生觀、價值觀，寫小說的過程同時也在探討人生種種問題，把問題一直向根源推想，對於我來說，《聖經》是我的終極解答。我不會透過作品刻意傳教，所以非基督徒讀者也不會反感和抗拒。

基督徒其實很自由，百無禁忌，《聖經》說：「凡事都可行，但不都有益處。凡事都可行，但不都造就人。」不

過，寫的無心，讀者可能誤會，為免絆倒讀者，有些事物我不會寫，例如鬼、情慾。我記得《Q版特工》第一、二集，主角是食煙的，後來學生讀者多了，主角自動「戒煙」。雖然寫作不應受到信仰或規範的束縛，但我選擇不寫，改用其他方法交代細節，也是一種技巧。

蘇曼靈：我發現阿Wing也會說教，對此，科慶有何解釋？

梁科慶：《Q版特工》最初第一稿，阿Wing是信基督的，這令人物與故事進展產生一定困難；於是，我把阿Wing的信仰狀態改為處於信與不信之間，對生命充滿各種疑問、矛盾、衝突，像大部分人一樣，經常處於十字路口，面對抉擇和兩難，致使角色增添了親切感與真實感，讀者更加有共鳴。

蘇曼靈：阿Wing身上有你的影子嗎？

梁科慶：有一些。譬如：我健忘，經常選擇錯誤，我識得功夫，阿Wing也有此特性。

創作面面觀

蘇曼靈：寫作與「道德高地」有沒有基本的關聯？

梁科慶：寫作也是藝術創作的一種，藝術應該凌駕於道德之上，寫作不應該有任何包袱，受任何束縛，包括信仰、道德觀、世俗觀、社會規則等等。不應該為傳達任何信息而寫。

蘇曼靈：你認為香港對當代文學體裁以及題材的自由度還具

在時間的河床上抒寫

32

備一定的包容與透明度嗎？香港的文學公開賽公平嗎？

梁科慶：有些作者收窄寫作題材，我看是自己嚇自己。目前為止，香港甚麼題材都可以寫，不過任何事情都有底線，這個所謂底線泛指一切，包括道德操守，並非單指政治，文學作品不應踰越某些底線，例如性虐待、殘殺動物、渲染暴力、鼓吹自殺等等，我不會寫這些，因為過不了自己的底線。體裁方面，文學本應該百花齊放，在舊的體裁基礎上不斷推陳出新，開創屬於個人的新風格，並能夠成為主流書寫方式，這才是一個時代的文學壯舉。

眾所周知，香港文壇充斥着一個個小圈子，山頭林立，而香港某些文學公開賽，評判欠缺新鮮臉孔。好的方面，是可以延續評審的水平和標準；不好的方面，是局限了看法，不是那杯茶的作品難被選中。香港文學比賽本就較台灣和中國大陸少，再出現這樣的評審局限，有點不健康。而主辦機構只是組織者，辦事的職員只做外圍的打雜工作，對核心的評審工作，影響很微。

蘇曼靈：一個有正義感、懂得反思、關愛社會的作者，遇到社會現象的各種不公，應該如何去發出正義的聲音？

梁科慶：作者有兩類：外露的和隱藏的。我屬於後者，我和我的作品都是。我的作品常有普羅大眾關注的議題，

包括各種社會問題、民生、公義、人權、環保、戰爭等。我的處理是提出問題，羅列正反意見，盡量隱藏立場，透過角色人物與讀者一同思考，最終的選擇交給讀者自決。特別是寫兒童或青少年讀物，更加不應該過分突出作者的觀點，過分主導讀者，這樣的作品會流於說教。

蘇曼靈：如果有記者或朋友當面問及你時下一些敏感的政治問題，作為公務員和對香港青少年讀者群有一定影響的作者，你會如何回答？

梁科慶：我只是政府這個龐大機構裏的一個小職員，對於政策或者決策過程，所知甚微，沒資格代表官方發言。同時，作為公務員，我的公開言行要遵守公務員條例，這是聘用與受聘之間的規範。舉個例子，我每出版一本書，事前要向部門申報，作出一些承諾，如不動用辦公室資源、不妨礙職務等，其中一項是出版物不會令政府尷尬，可想而知，我不得不小心，違反條例，沒人可憐。另外，這個社會太兩極化，網絡或媒體偏向誇大負面，我不希望梁科慶站在天秤任何一端，引起誤會，更不希望自己的言論被歪曲，被無限放大。所以公開回應敏感問題，我或選擇不答，當然視乎那是甚麼問題。

當然我不是麻木不仁，我有其他的處理方法，例如，我的新小說《圖書館猜情尋》，將圖書館學理論和圖書

館現象融入故事，其中一篇叫「二級不雅」，取材於村上春樹的小説被評為「二級不雅」的新聞，從另一個角度，以文學的手法，反映和批評社會的現象，而不選擇謾罵。

蘇曼靈：你認為文學與政治有關聯嗎？

梁科慶：當然有關係，人不會脱離現實，有人的地方一定有政治。小説其中一個重點就是：反映現實生活或者批判現實社會。無論人的生活或社會現象都是與政治息息相關的。即使魔幻／科幻小説都有政治題材，比如《動物農莊》等，只是場景不同而已。

蘇曼靈：你的著作在內地有市場嗎？

梁科慶：文友韋婭為內地的出版社所編的小説集《香江的孩子》，選了我一篇作品〈投訴〉，講的是香港人的投訴文化。聽説《香江的孩子》在內地銷量不錯，還獲獎呢。

環境與文學

蘇曼靈：請談談當代科技與經濟、社會與人文的發展對文學的影響。當代寫作者的水平怎樣？會受到社會發展因素影響嗎？

梁科慶：你所説的，對文學不會產生正面影響。文學對人類的生存之道沒直接的優勢，沒有文學，人類仍能正常過活，但是離開經濟與科技，世界即面臨癱瘓，人類將不知如何生活，試想有一日你突然失去手機，有甚麼

後果？非常現實的，人沒有品味可以生活，沒有錢卻寸步難行。所以，隨科技與經濟的發展，文學被邊緣化，每況愈下，社會與人文的發展也不會成正比。另一方面，商業社會講求市場效益，出版也是一門生意，所以，有些作者會選擇寫讀者感興趣的內容。

蘇曼靈：請問科慶，上面提到「每況愈下」的狀態，是否也包括香港文學作品水平的下降？這種下降與出版業界門檻降低及編輯審稿要求放鬆是否相關？

梁科慶：可以這麼說，但實際情況複雜一些。整個社會文化的轉變，讀者品味的轉變，亦導致出版社調整方針順應市場；另外，教育因素，也影響年輕人的品味，等等，互為因果。舉一個例，手機小說、網絡小說變成實體書、文學巨著，把文學層次拉低。出版是一門生意，生意虧本便倒閉。順應市場，出版較受大多數讀者歡迎的讀物，有銷路保證，無可厚非。另外，新生代編輯的文字根底一代不如一代，無力把關，也會不自覺地放鬆。

蘇曼靈：中國歷代有沒有社會發展與文學成正比的朝代？

梁科慶：以古代為例，開科取仕，科舉制度要求寫好文章者才得以做官，那時的人想做官必須要多讀多寫多鑽研。政府重視文才，則民間多飽讀詩書者。如果香港政府認為英文好或普通話好是做官的首要條件，那民眾肯定以練好語言為首要學習目標。

蘇曼靈：香港文學發展至今，板塊諸多，學說紛紜，良莠不齊，你認為當代此刻，香港文學屬於怎樣的文學現象？香港青少年文學是何現狀？

梁科慶：香港文學是活潑的，山頭多，情況等於我們交朋結友，志趣相近的自然走近一些，即俗語說的「埋堆」，每一堆人的看法不盡相同，各有各寫，雖然板塊多，但也是文學百花齊放的主因。如果口徑一致，思想類同，作品反而會流於單一與枯燥。另外，本土作家有本土的人生經驗與表達方式，南來作家可以進入本土作家不可及的寫作空間，如此激活文學場域，固然是多姿多彩。至於青少年文學，香港曾經有一批優秀的前輩，好像黃慶雲、阿濃、何紫、陳文威等。但是直到今天，香港青少年文學的主流觀念尚停留在八十年代，已經追不上當代年輕人的認知發展；作品仍偏重說教性、書寫陽光與美好，體裁與內容狹窄，偏離現實，令學生提不起興趣；作品質量良莠不齊，紙本閱讀市場萎縮，導致寫青少年文學的作者也越來越少。香港學生功課重，教育傾向功利化，凡事量化，嚴重影響學生閱讀興趣，這是香港教育的不良現象，也是整個社會的不良現象。外國的青少年文學已經發展得很有體系，但是香港卻遠遠不如，沒有國際視野，欠缺新理論，不借鑑不引入，導致香港青少年文學發展緩慢。

未來展望

蘇曼靈：獲知《Q版特工》將會暫告一段落，我深感失望。請問科慶，除健康因素外，是否有其他原因停止阿Wing繼續執行任務？若《Q版》繼續，你對阿Wing有何展望？

梁科慶：其實我並沒有停止創作，健康問題不會導致阿Wing銷聲匿跡。阿Wing在2019年會有新的「任務」，在此不作過多透露。

蘇曼靈：讀者對阿Wing有期望嗎？你會聽取讀者意見嗎？

梁科慶：讀者意見甚多，但我大都不採用。作者應該帶領讀者，提高讀者的眼界和水平，而不應為順應讀者、滿足讀者而寫，不然，作者和讀者都不會進步。

蘇曼靈：在你眾多的讀者裏，有沒有讀者想拜你為師？你會不會考慮開班授課，為香港青少年兒童文學培養新一代作家？

梁科慶：不僅有讀者想拜我為師，甚至有讀者希望與我攜手創作。就我而言，文學創作是很個人的事，很難跟別人合作。不過，也有罕有的例外，我與陳嘉薰醫生曾合寫三冊《Q版特工》的故事，我跟他是要好的文友，很有默契，彼此信任，才會成功。很難找到第二個。另外，我寫作的初衷純粹是為了自娛，所以開班授課、培養新人，暫時不在我的考慮範圍。從銷售數字、書展現場觀察，青少年讀者流失越來越嚴重。從前，有一次我去學校演講，預告下一本《Q版特工》，阿Wing

與R分手，全場學生拍手，證明大家一集一集的追看，知道內容，關心故事發展。但是現在去學校，明顯地看書的人大幅減少。

蘇曼靈：《Q版特工》讀者群減少，是否對阿Wing產生疲倦？出版社有沒有就此作出調查？

梁科慶：我不在意有沒有讀者調查，至少我個人尚未對阿Wing失去興趣。實體書銷量下降是大趨勢。學生的閱讀興趣轉移到看漫畫、看手機資訊。有出版商曾嘗試把阿Wing改做漫畫版，但只出版了一集，因投資太大而放棄；又有人嘗試拍網劇，連劇本都寫好，最後亦告吹，原因不明。

蘇曼靈：科慶對個人文學事業有何預期及展望？

梁科慶：我個人境遇尚算不錯，暫時仍不擔心出版社願不願意出版我的書。即使沒人出版，我也會繼續寫。除了《Q版特工》，還會寫其他作品，在已出版的其他作品中，自覺《文學想多了》寫得不錯，我寫文學評論很有滿足感，而且視覺比較新穎特別；我喜歡新嘗試，曾續寫聊齋，寫過《神探大開》、《俠盜HoHo》、《線上偵探》等小說系列，可惜大部分讀者把注意力放在《Q版特工》上，而忽略了其他作品，可惜得很，阿Wing實在太深入民心。不過，我還是會寫不受注意的「另類」作品。

結束語

蘇曼靈：科慶小說猶如百科全書，不僅適合青少年讀者，也受
　　　　大學生和步入社會的年輕人熱捧。在作品中，作者喜
　　　　愛引經據典，基本每一個故事都會引用古今詩詞，並
　　　　喜引用香港詩人詩作，作者笑言，他的書架放了很多
　　　　香港詩人作品，他隨便看到某首詩，便會摘錄引入自
　　　　己的小說。平日在圖書館見到的梁科慶總是西裝筆
　　　　挺，不苟言笑，卻不料職業形象背後是滿滿的童心與
　　　　幽默感，甚至帶點叛逆的正義感；對世界充滿好奇，
　　　　對知識的汲取源源不絕，對自我與香港文學的評價都
　　　　是客觀的、忠誠的。
　　　　感謝科慶割捨假日休閒接受採訪。

＊ 訪問時間：2018 年 10 月 22 日。

維護中文 抵禦荼毒——鍾偉民專訪

　　鍾偉民，著有《雪狼湖》、《花渡》、《四十四次日落》、《紅香爐紀事》等小說，格局多適宜改編為音樂劇。2011 年起，寫詩或署名阿民，已出版詩集《一卷灰》、《稻草人》、《故事》，另出版《如何處理仇人的骨灰》等多種散文集。

把「文」和「人」放在一起做對比是廢話

蘇曼靈：帶有實用性的作品是否文學作品呢？

鍾偉民：要看作品的內容和性質。譬如：我看過一本叫《然後你
　　　　　就死了》的書，資料充足，告訴人各種情況下的死態，
　　　　　幽默又帶有文學性，我就覺得很實用。不少實用性的
　　　　　科普書，就比文學作品描寫細膩，有情有識，而且耐
　　　　　看。

蘇曼靈：當代香港社會很適合諷刺作品的誕生。諷刺性文體需
　　　　　注意哪些細則，才不致令作品觀點與立場偏激，或者
　　　　　成為作者個人對人性或社會現象的不滿而產生的宣洩
　　　　　物？

鍾偉民：香港很多諷刺作品，專欄散文，也多諷刺俗世妄人
　　　　　的，陶傑的散文，就常見諷刺時弊，「抽水」也多少
　　　　　算諷刺的一種手法。但小說，特別是所謂的文學小
　　　　　說，卻少見諷刺題材，好像有這樣一個現象，慣性地
　　　　　強調一些香港街道名、地方名，就算反映現實了，東
　　　　　西被列為香港文學，就有資格或容易申請甚麼藝發局
　　　　　的資助，然後，這些東西，也有同聲同氣的學者去研
　　　　　究。但作品中有沒有揭露社會不公？對人性有沒深刻
　　　　　觀察，對腐壞的制度和社會有沒有鞭撻？印象中，好
　　　　　像不多。其實，我也沒多大興趣去讀時下土特產寫的
　　　　　東西，中文底子差的，表達能力弱的，我都不看。當
　　　　　然諷刺時弊，有很多方法，不一定要直來直去，把要

說的說白說盡，也可以溫柔敦厚，綿裏藏針，在不顯眼的地方着墨。因時制宜，有時多來硬的，一味殺氣騰騰，要砍要刺，目標明確，讀者自然會感覺我這作者偏激。偏激，其實也是一種文學表現，或者文學表演。藝術創作，尤其寫小說，「誇張」這一門手藝，就往往能取代「偏激」這個貶義詞。我喜歡用扭曲、變形、放大、誇張、對照等手法，讓受諷的對象鮮明突出，有規律、有規矩的「藝術性誇張」，最適合寫沒血性、沒規矩的歹角。具體手法我在長篇《紅香爐紀事》提過，作家透過作品展示情感或者情緒，就像展示思想和見解，是常見也自然的事，只不過，優秀作家會以文字經營出獨有的格調，不流俗，也不淪為冗長的喃哦。

蘇曼靈：很多人贊同「文如其人」之說，阿民是否同意呢？

鍾偉民：有人「文如其人」，有人不「文如其人」；文如其人不見得高貴，如果那是爛文。有武俠作家據說經年不洗澡，讀者也不見得能從行文聞出臭味。一句廢話，其實不必深究，有水平的作者，作品風格能剛能柔，可雅可俗，一定是多樣化的，讀者不容易，也沒必要從多變的文風去判斷作者的品性。即使那作者一輩子只寫一種文體或者一種風格的文章，從頭到尾就一個腔調，你以為就會對這人的品性略知一二？你以為雞生的蛋一定是橢圓形的？

事發之前，都是謙謙君子，都是道德文章。我文風有狠辣的時候，但落辣多有針對性，多是要攻擊，要撻伐，或者要踢一下粗貨當文學上菜賣的老好人。

「廣東話入文」不足取

蘇曼靈：方言越有特色，地方文化風俗也越有特色。請談談方言寫作的利與弊。

鍾偉民：首先，廣東話這種語言，不適合寫任何一種文體。香港有一幫識時務、走精面的東西，一直鼓吹甚麼廣東話入文，根本不懂得甚麼是「語」，甚麼是「文」。語，因時因地因事而不同，也用於一時一地一事，講不明白，用聲調、表情，絮絮叨叨去補足。你沒聽過杜甫說的話，但你讀過杜甫寫的文；文，是為了能久，能遠，能精確地傳播；文而精確，凝練，有境有情有識，那叫文學。語和文用途不同，使用場合不同，文是語的根本，有這根本，說話的人，才不會滿嘴的廢話空話鬼話。

過去有文言體，五四運動前，出現有比文言文略淺白的古典白話文，過去，像《紅樓夢》、《金瓶梅》等作品，文句多清淺暢達，離所謂的口語不遠，早就是能反映當時生活的「白話文」。不幸經過所謂新文學運動的摧殘，一夥蹩腳文人來個橫的移植，才病句橫生，遍出文字的怪胎。以前，不分南北，白話文，遭劫前

的白話文，《紅樓夢》那一種古典白話文，是很通用的文體。「文言文」演化成「古典白話文」，再溝淡一點，就是時下的「白話文」。廣東人，在白話文裏摻雜日常口語，摻得恰當，可以；文章能久能遠，是理想，有些卻是不必久不必遠的。實在，質木無文，目僅識丁，又要寫作的，不知道怎麼行「文」，早就大量使用引號，把廣東口語直接一括弧了事，託詞說廣東話生動，其實，不知道能寫出來的文，有更生動的而已。這二十年，惡風南下，香港有不少所謂的學者，本質就只是有虛銜的蠱惑仔，更有做戲子的，要取寵，紛紛鼓吹甚麼「口語入文」。好啊，用你的廣東手寫你的廣東口，無字或者不識字，寫個拼音就成。五個字寫得完，你得用十個字？不好嗎？做作家稿費翻倍呢。而且，不用再讀書上課學文，不用聽學者──包括「戲子學者」──亂說，不好嗎？我手寫我口，不求精，不求準，不求久，不求遠，不求美……文，竟然成了語的絆腳石！文學殿堂沒有門檻，甚至沒有門，何必去學入門工夫？文學教育，原來教的是怎樣最「方便」，怎樣可以抄捷徑！不學文言，不學古典白話，不學各種文體的書寫方式，寫不來，當然也讀不好，「文學」這一門，掩埋了會不會更乾脆？

再說，如果用「廣東話入文」寫小說，有角色是北方人，這北方人是不是也要一嘴廣東話？當然，如果你

是這「戲子學者」的學徒，「作品」裏只有他這種南方蠱惑仔，你是不會遇上這種問題的。

蘇曼靈：你自己寫作，習慣用怎樣的語言醞釀和書寫？

鍾偉民：底子是古典白話，對白多摻舊北京話，傳統的中文簡練，能擷取的字詞多，總能挑到順當的，然後因應內容，或深或淺去呈現。廣東話詞語我不排斥，譬如，目前我在寫的小說，背景是油麻地，也會按需要融入匹配角色性情的用語。文學的重點是文，太稀鬆拖沓，隨口噏，信手寫，稱不上文，遑論文學。

蘇曼靈：請談談寫作語言的境界與品味，以及個人語言特色。

鍾偉民：對自己我有幾點要求：第一，我不喜歡重複，一篇文章，一本書，用字遣詞和節奏，盡可能不重複上一篇文章或者上一本書。重複，我自覺煩悶，寫作也難有進步。第二，內容情節決定語言的情調，像《紅香爐紀事》，人物紛繁，很多細枝末節，我採用較古典簡練的文筆來表達。寫《四十四次日落》，敘事者是個少女，外星人，見聞不多，沒地球文化背景，自然不會用成語，說話不帶生僻字，更不會文縐縐裝深奧，適宜清清淺淺的娓娓道來。語言，必須與內容配合，與敘事者的身份和背景相符。該用哪一套文字，跟一個人衣著打扮一樣，不同場合，不同裝扮，才叫得體，穿泳衣去飲宴，著禮服去游泳，都很滑稽。

蘇曼靈：為何偏愛生僻字？

鍾偉民：我十幾歲開始寫作，總不停有人問我為何愛用生僻
字。我沒刻意用生僻的字，只是盡可能用最恰當、最
簡練的字。其實，這問題是有問題的，發問的人肯換
個角度，問自己：我為甚麼識的字這麼少？再對症下
藥，問題就解決了。下筆的時候，我覺得某些字詞會
令表達更生動，更準確，我就用，譬如有人會說閹一
匹馬，我認為用「騸」字，比用「閹」恰當，就會用騸。
這「騸」有時我也會用在人身上，那是因為我不把這個
人當人，當畜生了。

「戲子學者」不會教人多認識中文字，教學生廣東話入
文，易討好。這樣的所謂語文教育，是簡陋的、即食
的，正好符合盲從者「不問好醜，但求就手」的習性。
文學，是要問好醜的；可惜，都以醜為美了。這是由
文學蛀蟲界定甚麼是文學的世界，蛀蟲坐大了，文學
就鬆垮垮的塌了。

那些年那些事兒

蘇曼靈：請談談自己的閱讀經驗，受過哪些作者和作品影響？
寫作風格與文字根基如何形成？

鍾偉民：我看書不多，看得很慢，幾乎過目即忘。但遇上好作
品好文字，會反覆看。講量，沒意思的。好書要細
看，快不來。有人自誇每天看一本書。是看書脊吧？
以前淨空法師弘法，聽過一句：每一本書都像一條

船，讀書的時候，就像上了船，這船把你載到一個地方，你上了岸，一路走好，還拖着這條船幹甚麼？

想起一些所謂的書評人，專業書蟲，讀一本，拖着一本，怕人不知道，一路拖着，像淨空法師説的，身上綁滿拉船的繩索，搭過的船都成串跟在後頭。書袋都變了用來拋的，用來嚇人的，看明白了，其實很可厭。當然，好書和船都可以渡人，把船忘在水邊，大概也不是真忘，是潛移默化了，融入自己的脈絡裏了。我一直對自己的善忘不滿，聽了法師的話，有點釋然，説不定我的邊讀邊忘，也不算甚麼壞事。十幾歲寫詩，有説像余光中的，但很快又不像了，沒甚麼固定的。一個導演拍的電影，題材風格齣齣不同，大家會讚賞；對作家，甚至對小説家，卻要求，或者讚揚他的「千書一面」，我倒是很費解。我以前做編輯，一向不「追稿」，作者苟且，遲交稿，另找一個就是，一時找不到我可以寫，要甚麼「風格」有甚麼風格，不難的。

中文怎麼打基礎？澳門開始的吧，大概十一歲來香港，大角嘴天主教小學那時剛創校，開始時沒五、六年級，就重讀小四，升到五年級，老師會叫我幫忙改簿，當時的中文該就比其他同學好。在澳門路環，我看很多連環圖、漫畫書，那年頭很多漫畫的敍述和對白都很清通，大概讀得認真，受益不淺。我外公要我

練毛筆字，抄三字經、四字經、五字經。所以就算經常逃學，還是有個底子。

蘇曼靈：聽聞少年時期，你已在《明報》工作？

鍾偉民：十七八歲的時候去《明報》的。之前讀夜中學，白天隨我爸去做苦力幹粗活，也做過工廠，在觀塘，製造電影沖印藥水的。然後，《明報》出版部招人，我就去了，做倉務，跟車送貨，收帳。那時《明報》主要出版和售賣金庸、倪匡、溫瑞安的書。我一星期有一兩天得扛很多盒書去那些二樓書店、三樓書店。做了一年半載，轉到《明報月刊》做文職。當時，我得了兩三回青年文學獎，有些人知道，前輩也提攜。出版部乏人做事，查良鏞先生就遣我去負責出書，把倪匡的四十幾種書再印了一遍，黃永玉的畫集我也去編了。我在《明報》做過月刊編輯、《明報》副刊編輯、編委會秘書、董事長辦公室秘書等。大概二十歲前，我就是查先生的中文秘書。到1994年《明報》易手，我也不幹了。但辭職前，我一直沒卸掉這其中一個職銜，一直在查先生身邊辦事。1987年起我去嶺南學院讀了兩年文史系，那兩年才沒在《明報》上班。

蘇曼靈：你在《明報》工作，追隨查良鏞先生十幾年，查先生有沒有教過你寫作？你有沒有受過他的影響？

鍾偉民：做中文秘書，開始時就覆覆舊信，信寫不好，查先生會改，我看了就長進。以前很多讀者會對金庸小說提

意見，繁雜紛紜，我整理好臚列了給他看，這工作對我寫作自然有補益。查先生不會管人遲不遲到，我晏起懶上班，是晚上讀他的武俠小說，讀出心得了。我不僅寫作受查先生影響，我那十幾年生活變從容了，也受查先生影響。

對白是小說的靈魂

蘇曼靈：有些創新小說主張去掉對白，你怎麼看？

鍾偉民：作者如果誠實，每個階段，都會發現自己的不足。寫小說，對白寫不好，就不寫，一味的敍述，再吹噓自己無能力寫對白的作品，是創新小說，實在是自欺欺人的。讀過黃國彬先生一篇訪問，訪者問他為甚麼不寫小說，印象中，他說過對白是小說的靈魂，少不得的；但如果他寫身邊的生活環境，對白用廣東話（或者不熟悉的北方話），會跟白話的敍述格格不入，文句欠缺藝術的和諧統一，他不打算去克服這障礙，於是選擇不寫；他不想去寫那種純粹敍述的「新小說」。國彬先生是真正的學者，學貫中西；在藝術面前，他也難得地誠實。

創新是好的，但只能「創新」就不成，譬如，一條腿跳着走路是創新，但你只有一條腿，只能這樣跳着，那叫蹩腳。蹩腳的寫作者多了，有他們說的甚麼話語權了，就不肯學的，不擅長的，這輩子實在學不會的，

一概顛覆掉。顛覆對白，顛覆結構，顛覆精確……然後，他們說文學無好壞，講感覺；再爛也無所謂，互相感覺對方的好就行。

蘇曼靈：談談作品的出版狀況。

鍾偉民：我有些作品是出版社出版。香港、台灣、北京、廣州，不同出版社都有出版。後來我懶得給出版社，就自資出版。我不向政府申請資助，因為，我覺得那資助並不容易拿到。香港文化圈子太複雜，小圈子作業很明顯很嚴重，各種排擠，均因人事而起，估計香港藝發局當政者審批者多數不會通過我的申請。

蘇曼靈：阿民每計劃寫一部作品，會考慮「主流書寫」以迎合市場和讀者嗎？

鍾偉民：多數情況下，我是依照個人喜好來創作，但是，如果面臨生活的窘境，我也會適當作出調節，以主流或讀者喜好定作品方向。身為寫作者，「保證基本生活」是持續創作的重要條件之一。比如我寫我的大白貓系列叢書，在當時很受讀者喜歡，某些人或許認為這便是所謂主流。但是，即使市場受落，我也不會再寫同樣的東西。當然，也因為「不重複寫同樣風格的作品」，而不能夠積累到一定數量的讀者。比如：我這部小說很純情，自然吸引到一批純情的讀者；我下部書卻是很色情，自然會流失那批純情的讀者，出版社也會很不高興，認為我打亂市場。有時，我的確會令讀者失

望，我那本《四十四次日落》是很純情天真浪漫的，接着我可能會出一本變態殺人、文字很深的作品。《花渡》是一本很傷感的書，《紅香爐紀事》就是一本很變態、文字很深的作品，這本書寫得很辛苦，幾乎整部作品都在寫賤人，裏面寫了各種不同的死法，如果有一百個人死，統統把他們寫出來，又要各不相同，其實是很不容易的。寫完這些後，我又覺得該寫點別的甚麼，於是又開始寫鬼故。我就是這樣，希望自己的每一部新作品都與之前的不同，我如此要求自我，是希望自己不停進步。

修養與高等教育沒有對等關係

蘇曼靈：你的身份認同是澳門還是香港？

鍾偉民：寫作近四十年，就小說而言，我下筆很少以香港做背景。最近才發現，場景多以澳門為主，或者都是一些沒特定歷史背景的地方，我寫沙漠，寫海，寫虛構的島嶼。甚麼身份認同我沒細想，但文學的情味和旨趣，我是傾向澳門的。目前在寫的《彩虹皇宮》，講劏房，才取油麻地做背景，多了些九龍的街區名字。

蘇曼靈：回歸至今，可見社會風氣及文化漸漸變化，身為寫作者，該如何取捨？

鍾偉民：沒有回歸這回事，只是政權易手，只是易手後大陸各方面的侵凌，越發放肆。所謂的劣質文化，跟文化

無關，那其實該叫惡習，叫歪風，叫劣迹。當然已非一朝一夕，語文這一項，其中病詞陋句和殘體字的衝擊、滲透，配合本土書寫者的擇惡迎攬，不知好醜地盲目傳揚，對文學寫作和讀者，影響也當然壞透。依我看，不是北方話沒有好詞好句，是這邊的人專愛挑破陋的口號式百搭詞來使用。劣質語文，或者說，語文的糟粕充斥，時日久了，更當然會破壞接觸者的思維和習慣，可惜香港很多「書寫家」，沒想過負甚麼責任。講人，大陸人陋習多，香港人普遍的喧嘩聒噪，不也是聞名中外？人品修養和高等教育有沒有對等關係，你看看香港一眾高官就知道了。文學上，掛個博士甚麼銜的，文章自然多人登多人看，看了也瞻仰。沒這些墊高作者的東西，讀者要讀完作品，心水清的才知道好不好；有頭銜，連眼盲的都預先知道那敢情好。香港人寫自己身邊人事，自然有些優勢，不容易寫壞，卻未必一定能寫好。文筆不成就寫甚麼都質木，圍着爐子互相肯定完喝采完，這文學其實一直在牆內在圈內，外頭難窺「堂奧」。總之，我不會以「地方」定義一個人的修養，或者一部作品的好壞；出污泥偶有不染的，殿堂上，卻多污染文學的爛泥。

蘇曼靈：這些現象，是因為過分包容外來文化嗎？

鍾偉民：有外侵，也有內患。香港人滿嘴的包容和吸納「外來文化」，卻無法辨識何謂文化，分不出文化跟歪風、

惡習、劣迹，以至獸行等，有甚麼不同；腦袋裏沒這些精確的詞語，就沒有精確的概念。這種香港人，當然有做作家的，做了作家頭腦當然不會就清明起來，會繼續服務一樣腦殘的書迷。過去這二三十年，大家不讀好文章，不吸收傳統好文化，文學教育不講求語言確當，講「保留生活的雜質」，這是自己從內部腐爛了，終於變成雜質了。看新聞，看報紙雜誌，鋪天蓋地的劣幣在荼毒人，可以選擇，卻為甚麼偏選擇最惡劣的？說自甘墮落太俗套，說自甘變稀泥，倒是離「書寫」的現狀不遠。

我不入地獄，誰入地獄

蘇曼靈：香港文學界有一種默契：不公開批評別人的作品。但是如果作者與作者之間欠缺坦誠交流，我們豈不活在作品內與作品外的雙重虛構世界？

鍾偉民：不是沒批評，是只講好，不講壞，說是隱惡揚善，是美德。這其實就是姑息養奸，可以說，沒有一個自我完善的機制。試想想，如果醫生和律師這等要求專業的，只有讚好或者只能讚好的機制，這些行業，還有甚麼尊嚴？還會不會受人尊重？我批評過一個詩人寫得不好，垃圾不如；然而，大家都說我不對，說這個人好，一直為文學服務。我沒說這個人不好，我只是說好人寫的壞文章，更誤人。批評從商的，文人叫

好；批評做官的，文人叫好；到批評為文的，文人就叫不好了，全對了號抱成一團來反撲了。原來文人，是只能唱他好不能唱他壞的，唱他一個壞，一黨圍爐的都排擠你，封殺你。結果，最受注目的「好作品」，總是有個學院奶媽的裙腳仔寫的作品。垃圾？像個文盲寫的？不會吧？他奶媽某文學教授説，他啜奶很會使力的。香港要有文學批評？不會吧？香港只需要文學讚美，讚得好，文學就會在密室裏漚出另一種好。

一個作者，文筆的優劣，直接影響讀者的品味和思維能力。我不責難文筆粗疏的，粗疏的東西自會有匹配的粗疏讀者，百貨中百客，資質改不了，也不該剝奪低資者閱讀「文學」的權利，但是文字粗陋不堪，浮腫潰腐，卻被吹捧上天，甚至編入中小學教材，禍害判斷力、審美觀未成熟的少年人，這樣的病文生產者，隱惡不去譴責，大家取法乎下，文學完全不算一門專業，我就看不出還有甚麼尊嚴和學習的需要。我寫的《狼八式》書裏，兩個反面教材：濃總和章郎，正是被教育界、文學界推崇備至的粗貨供應商，潲水充上菜的病文生產者，他們是荼毒學生和半文盲的表表者。可惜，接棒仿效者不絕。這夥文學瘋子讓病友推高了，文學這桂冠卻從他們頭上掉下來糊了。

看爛文字如自我荼毒

蘇曼靈：過去你經常透過作品批評，甚至譏諷香港某些作家。批評他人或他人作品，是出於個人主義的主觀意識？抑或自衛性反擊？還是客觀的「依文論文」？

鍾偉民：我沒想過客觀不客觀這回事，作家是賣文字的，我從不責難賣粗貨的作者，甚麼人玩甚麼鳥，你不要責怪武大郎玩鴨子，總得有些廉價質軟的肥鴨，一車車甜淺稀鬆的文字供應給廣大的讀者，不能領受甚麼叫精緻，那是命，施和受都值得同情。我諷刺鞭撻的，是賣粗貨，卻包裝成、讓同黨吹擂成精品，抬舉成上品的東西。這是欺詐，破壞文學的價值，毀壞文學的市場。他們不知道「樸拙」這個詞，就說那是「保留生活的雜質」，印出來一疊疊的雜質，卻送入了殿堂。讀者吃慣了這些殿堂級雜質，俗稱潲水，就不會，也沒能力再去讀精練的文章。市場亂了，壞了，就只有賣粗貨和賣假貨的能活了。

粗貨充上等文學，那是有業報的，一城人一代人的根柢都毀了。一個小學生，一個大作家，同樣一句話不能說全，不能說明白，中文低落了淪落了，這事夠客觀了，這一夥人，卻絕對不會覺得這種低落跟自己的「書寫」有甚麼關係。你真的沒責任？你沒看看自己推崇的是甚麼貨色？一幫南北東西，也用不着點名，自己可以對號。名頭混大了，名頭大的出版社敲鑼，頒

獎，二十多年前，我説這是圍爐取暖；如今是圍爐互舔，互相肯定了，入學院供研究了。同聲同氣同樣下作的一殿堂人，你開罪了一個就是開罪了一大夥。做文學資料搜集的，天生一副客觀相，不搜集你算夠客氣了。沆瀣一氣以前是貶義，如今蹩腳作家，有瘸子教授導讀，越導越糊爛。我沒工夫去讀不好或者不夠好的書，尤其連做句都做不好的所謂文學書。人生苦短，一百年前那麼多的好中文，都滋養人。要有個名字，譬如説北島，我在書店翻過那甚麼《城門開》兩三頁，吃了一驚。出版和推崇這樣的中文書，只能説，肯定獨具一隻甚麼眼。不如借題説説我的閲讀態度，就像看人打拳，拳手上台時腳在抖，嘴在吐血，渾身虛汗，而且是爬上去的。按這樣的出場風格，你認為接下來那十二個回合，或者要表演的套路，會有看頭？文和武是一樣的，看底子，看功力。「蹓」，不是一種創新，不是另一個領域的走路姿勢，即使蹓入了朋黨的文學庇護所。爛文字，看幾頁就很夠了，看完，我一般馬上找些好詞章看看，洗洗眼，怕雜質殘留，這影響下筆的。

蘇曼靈：看幾頁就作出評價，會不會有點斷章取義？

鍾偉民：有一種謬見，説甚麼「過分關注文字，就會忽略內容」，言下之意，好像不關注文字，就會不忽略內容；或者，文字雖然含糊拖沓，但你忍耐一下，就會見到

內容。文字好，就沒有內容？一定要文字壞透了，才有內容？一句寫不好，一段寫不好，一頁寫不好，兩頁寫不好，寫到第十頁，第一百頁，會忽然變好？有可能的。但為甚麼要讀這種可能到一千頁，也同樣冗贅的東西？

蘇曼靈：你又如何確定自己的判斷標準是正確的？

鍾偉民：我沒有自己一套標準。我的判斷標準是承傳中國的舊中文而得。我承繼並取捨優秀古典，再內化為自己的文學脈絡。如果你認可唐詩宋詞，認可《紅樓夢》，認可中國優秀古典著作，那我的判斷標準就是正確的。

蘇曼靈：香港有一批新文體作者，比如謝曉虹、韓麗珠。你會看他們的作品嗎？

鍾偉民：沒怎麼看。但只要這些作品文字通順，能打動人，自然會有讀者追隨。你可以說我刻薄，但被我鞭撻、批評和諷刺的，都是文字不夠精練，語理語法不通，文字粗糙淺陋，內容有很多生活的雜質、思想的雜質，卻又備受世人吹捧和認可的欺世盜名的東西。

「作家」是使用文字的專家，需要對文字和讀者負責

蘇曼靈：作為一名寫作者，你認為自己的性情與創作，理性偏多還是感性偏多？

鍾偉民：寫作是一種理性的製作，需要寫作者透過理性去建構。在我看來，感情可以加工，情感的多與少，是經

過精密和大規模思考、計算及提煉的。

蘇曼靈：按你此說，作品的情感則非由心而發。這樣的作品如何打動讀者？

鍾偉民：即使經過計算、加工和提煉的感情也是經過我們的心智和真實情感處理而得，為何不是由心而來？我在《狼八式》中說過用「心」寫作這回事，「心」是甚麼？有人不用心，用肺寫作的嗎？

蘇曼靈：阿民創作及出版多種類作品，你個人對自己哪一類作品最為滿意？你更喜歡自己被稱為詩人還是小說家？

鍾偉民：詩歌只是諸多文體裏其中一種文體，散文詩是我嘲笑的一種文體，我更喜歡寫小說。小說的形式變化多端，可涵括詩歌、散文、敍述、記述、議論等等體裁，是一種綜合性的藝術，形如交響樂。比寫單一體裁過癮得多。我永遠對自己剛剛寫完的作品較滿意。前段時間，我最滿意《紅香爐紀事》，但現在，則對正在創作的講鬼講謀殺的小說感到滿意。

我不喜歡被稱為詩人，五十歲後，我認為自己是作家。作家，是指使用文字的專家，自認作家需要對讀者負責。好的文字，讓人潛移默化，可以提升欣賞能力和語言的表達能力，提升思考的精確性，這是文字的功用，文字的影響力。作家追求好的寫作手藝，當這是一門專業，那是一個作家的尊嚴。要做到「得心應手」，是有點難度的，誠誠懇懇努力三四十年，就該漸

漸得心應手了。我過了五十歲，才覺得下筆順了，要
雅要馴，還得花點工夫斟酌。

最近聽傳媒朋友說，他老闆開始要求員工學講故事，
驚悉故事的重要。很多問題的癥結，原來就是不會講
好一個故事。傳媒人做新聞，寫劇本，原來無法講出
一個完整的故事，這太可怕了。講故事，最基本的條
件和要求，是做句的功力，一個句子做不好，就沒有
下一句，就沒有下文。文字功力越好，語言組織能力
越強，講出的故事就越清晰動聽。

蘇曼靈：阿民在《狼八式》一書中，一再強調寫作首先要語理通
順，並以哲學觀點來進行闡述和分析；其次提出寫作
要盡量簡明扼要。過於乾淨的句子會否使得內容失去
活力與情感？在整理和斟酌語法及字詞的同時，會否
失去對表述的情感的激情？

鍾偉民：我習慣審視文句的前文後理，看是否通順合宜。花俏
的句子，煉得不好的句子，都會傷害感情，或者說文
勝於質。所以，前提是恰當，要因應場合，濃淡得宜。

寫作是藝術創作，不是工作

蘇曼靈：我們如何去界定一個人是否有寫作天分。對於沒有寫
作天分卻又熱愛寫作的朋友，你有何建議？

鍾偉民：這問題不能問，一問就要讓人嘲笑。如果有人問你他
是否有天分，那他一定沒有天分。有天分的人，從來

不會去問人或問自己。你能想像莫札特一邊作曲，一邊問人：「老闆，你覺得我有天分嗎？」還有工夫想這個啊？尤其藝術上，「成功是一分天才，加九十九分努力」這句話，是百分百騙人的。不過，如果你從事寫作這一行，那九十九分努力是需要的，努力若干年，說不定到時就有人說你有天分。其實，99% 以上的人都是沒天分的，還是講後天努力，實在一點。寫作，後天努力就是，多看好文字，多練習，多聯想，多去歷練。文學，多少需要閱歷和經歷去支撐，絕少音樂、數學上那種天才。十幾歲寫出歷盡滄桑的所謂傑作，除非寫的是家長的故事，而且有家長從旁指引。

蘇曼靈：你個人的人生經歷豐富嗎？

鍾偉民：不豐富，也不會刻意去豐富它。我性格比較不好動，好逸惡勞。我多半靠望，聞，問，然後再用想像去豐富我的寫作。

蘇曼靈：很多知名作家都曾公開表示，要養成每天寫作的習慣。你是否每天寫作？

鍾偉民：不會。為甚麼要每天寫？對於我來說，寫作不是習慣，是趣味，是寄託，是鍛煉，是我想做這回事。把寫作當任務，要按時交差，會影響我的情緒。我不講靈感的，從來不提這詞兒，你不會在我文章裏見到這兩個字，我不覺得這種東西是需要等待的，這是通過學習和練習產生的。等靈感到了才能下筆，那可能是

撞邪；按時寫作，當然也可以是藝術創作，但太像工作，我不喜歡工作。我寫作的時候要有零食，要沏了茶，環境不好，心情不好，都不寫。

蘇曼靈：到目前為止，你對自己的寫作、出版狀態滿意嗎？對未來寫作有甚麼展望和計劃？

鍾偉民：對出版的情況和環境，不可能滿意。2011年開始，我的書在北京出版，出了《花渡》、《四十四次日落》、《如何處理仇人的骨灰》、《雪狼湖》等，反應不錯，出版社要繼續出，但這兩三年大陸甚麼情況，路人皆見，這出版也沒甚麼好説。想寫的東西太多，卻寫得太慢。我不重複寫同樣的東西，每完成一部書，就想寫盡可能不一樣的，就開始醞釀與前作風格迥異的作品，嘗試新的技法，新的風格，不因循，才容易進步。目前在寫的《彩虹皇宮》，就是那劏房裏鬧鬼的故事，打算分大概十個短篇來寫，再集結成一部長篇。下筆的時候，會刻意寫得比較適合、比較容易改編為電影，或者音樂劇。兩年前某製作公司買了我一部小説的改編權，要做音樂劇，付了第一期幾十萬，就甚麼都拖拉着。我生怕人改不好，還先把小説改出一個清簡的版本來，這夠費事的，所以如今下筆前都想得周全些，算是市場考慮。文字市場萎縮，但沒個好小説做骨架，一部戲一齣劇難縝密好看，到頭來，還是需要好文字好故事做藍本。

結束語

蘇曼靈：很多朋友問我為甚麼想認識和了解這位有稜有角的作者。原因很簡單：

- 看臉書照片，鍾偉民一臉正氣和義氣，這些人性本該有的東西，是靠美容和修圖做不到的；細看文字，該屬真性情者，雖然他認為人如其文是廢話，但字裏行間，多少可感受到作者的心迹。

- 喜歡他的文字和故事，且學到很多生動和生僻的字詞。

- 從不輕信文學內外一些人和小圈子對某些作者的評價、排擠，甚至誹謗。

- 有才華，多半有傲氣；有才華而被誤解或曲解，自會成為世人眼中的怪人。我一向厭惡虛偽，喜歡本真的人，也希望多了解一點平庸和狹隘者的「眼中釘」，以揭露世俗者的謊言與偽善，這都算訪問的初衷吧。

* 訪問時間：2019 年 3 月 31 日。

赤忱寫作 拒絕謊言——蔡益懷專訪

　　蔡益懷，常用筆名是許南山、南山，暨南大學文藝學博士，作家、文學文化評論人。作品包括：小說集：《前塵風月》、《情網》、《隨風而逝》、《裸舞》、《東行電車》；散文隨筆集：《客棧倒影》、《南山夜語——文學文化隨筆集》；文論集：《港人敘事》、《想像香港的方法》、《拂去心境的塵埃》、《本土內外——文學文化評論集》、《閱讀我城——文學評論集》；學術專著：《小說，開門》、《妙筆生花——中文寫作＋名篇導讀》、《顧問名篇賞析》、《創作，你也能》等。

寫作是釋放自己和自我認識的過程

蘇曼靈：寫作對你來說意味着甚麼？小説和詩歌越來越市場
化，當文學與藝術以錢來衡量，它是否還存在文學價
值的真實性和單純性？其意義何在？

蔡益懷：首先，「寫作」並非一件你想去做就做得到的事，一
個人飽讀詩書也不見得就能筆下生花；不讀書不借鑑
不學習，更加未必寫得出。偶有作者平日極少閲讀但
作品甚優，那是天賦。其次，「寫作」作為諸多行業
的一種，它是傾向於藝術創作的特殊行業，有人為名
為利，有人為排遣孤獨，有人為興趣……寫作的理由
林林總總。對我而言，寫作的動因也幾經變化，不同
階段或環境的改變，會有不同的理由。我八十年代初
開始寫作，起初，也曾經有名與利的幻想；到了現階
段，「寫作」對我是一個「釋放自己」和「自我認識」的
過程，已不太在乎「名」與「利」了。寫作已成為我生
命中的一條通道，它將我的思想和內心真實的情感以
文字的方式釋放出來，是一種「自我完成」的過程。比
如，我對生活的體會，對人生的感悟，對社會現象的
看法，以及對生死、對人性、對情愛、對教育制度、
對社會制度以及人權和自由等問題的關注，都通過文
字表達出來。寫作可以幫助我們認識自己，將我們從
此岸的世界渡過到彼岸的世界，這種「工作」對自己
和對他人以及社會所帶來的影響，是其他任何工作方

式無法代替的。許多年來，我沉浸在閱讀和寫作的世界，精神和內心得到了極大的安慰，思想的提煉和靈魂的安撫，令我行走在煩囂的世界，適時地排遣了孤獨，同時，也抵擋了物質社會的巨大誘惑。現在，當我能夠寫出點甚麼，已經很滿足，我不在乎作品是否要發表或者能否發表，相反更加在乎的是在寫作的過程中，我如何能夠更好地發現自己和了解自己，這也正是文學存在的價值和意義。所以，我完全不需要去思考作品的市場化以及名與利等問題。至於當今存在的一些不良文學現象，就像你說：「當文學和藝術以錢來衡量，它是否還存在文學的價值和意義的真實性和單純性？」這是任何時代都存在的問題，即使有人為了名利而寫作，這也是很正常的事。不過我認為，一個真正熱愛寫作的人，到了一定的階段，一切外在因素皆不構成寫作的條件和影響。當我們以真誠的心去寫作時，寫作對於我們來說就是一種自我實現和自我發現的方式，而這種單純的堅持，也會默默影響其他人，令他人得到你想分享的一些訊息。

蘇曼靈：你的作品，有詩歌、散文、小說、文學評論等多種體裁，你認為自己最擅長哪一種體裁的寫作方式？

蔡益懷：寫作是分階段性的，我最初以寫詩為主，但是我的詩歌創作發揮得不好，後來我開始寫作，發表散文和小說。我從八十年代開始對小說着迷，自己也在寫小說

方面下了不少工夫。後來，我又開始做文學評論，
到目前，文學評論可以代表蔡益懷文學方面的主要成
就。在我看來，一個作家如果只擅於文學創作，他只
是一個作家；一個作家能夠在文學理論與學術方面有
個人的見解，所有文學的範疇他都能夠涉及的話，他
才是一個真正的文學家。蔡益懷也正努力向着文學家
的方向發展。

蘇曼靈：你如何調整和平衡文學創作和學術評論兩種不同的寫
　　　　作狀態？

蔡益懷：創作需要處於一種自由的狀態，而文學評論和學術，
　　　　有很多規則和規範需要遵循。有時評論寫得多，的確
　　　　會影響我的創作。所以，在我需要創作的時期，我會
　　　　努力使自己淡忘學術方面的理論，不受拘束、心無旁
　　　　騖地去構思和創作。我也會順其自然，覺得自己適宜
　　　　創作的時候就創作，適宜做文學研究的時候就做研究
　　　　和評論，我完全順應自己寫作的生物鐘。

接受不同文學體裁的嫁接

蘇曼靈：現代小說、散文、詩歌均出現多種新的體裁，三種體
　　　　裁相互融入，有小說型散文體、散文型小說體、故事
　　　　型詩歌體，創新層出不窮，遇到一篇文章，「究竟是小
　　　　說還是散文」的爭議不斷，特別是學院派的學者教授，
　　　　對於體裁的純粹性，要求是嚴格的。請問你怎麼看當

代創新體裁？

蔡益懷：我對於文學體裁的多樣性有很大的包容度，當有人提
出某人寫的小說不是小說時，我倒認為他們是從一種
比較傳統的固有或僵化的角度，去對文學作品的體裁
作出評斷。我覺得當代書寫方式已經打破傳統，尤
其是現代小說的書寫，各種體裁的交融，手法創新不
斷，比如韓麗珠、謝曉虹、董啟章等作家，他們的小
說均打破傳統小說的形式。當代作家以詩歌、散文甚
至把新聞報道的方式融入到小說書寫方式中，是十分
常見的現象。作為學者和評審無需對體裁的純粹性過
分執着，或者以一種舊形式去對文學的體裁作出規範
和定義。如果我們一直延續十九世紀寫實小說的方法
或是延續中國傳統章回小說的方式去寫作，我們的寫
作永遠不會有進步和創新。現代小說已經百花齊放，
不但體裁打破傳統，技巧的創新也到了千姿百態的程
度，我完全接受不同文體書寫方式的嫁接。當然，小
說與散文、詩歌還是有一定界限的，小說最核心的文
體特徵是「情節」，這是小說最典型的藝術特徵，小說
的情節起承轉合，故事具有一種完整性；散文敘事是
片段式的，不講究故事的完整性，着重於一種境界和
意境；而詩歌講究的是意象。三種文體都有不同的特
點。台灣有一個著名的散文家王鼎鈞，他說：散文的
寫作是為了營造意境，也要抓住一個中心的意象去展

開敍述和書寫。我很認同他的說法。各種文體可以相互滲透和嫁接，但是文體間的界限和區別依然存在。

蘇曼靈：參加分類文體文學比賽，評委是否接受新體裁或是複合體裁的書寫方式？據我了解，香港多數評委對文學體裁的要求比較嚴謹。

蔡益懷：確是如此，香港的評委在文體要求方面會比較嚴謹，但這並非主要問題。關鍵要看你的作品在嫁接和體裁複合後是否表現出一種新創意，這才是關鍵，好的創意同樣會得到評委和文學評論家的認可和接受。比如董啟章的《地圖集》，很多人都不認同這是一部小說，他個人在書寫的時候，很明確自己是在寫甚麼體裁的文學作品，而且他有意去打破傳統的書寫方式。再如法國的新小說派，他們取消人物，取消情節，完全以一種顛覆性的手法去書寫，香港有部分作者也受此影響。不過我始終覺得，打破傳統固然是有勇氣，是值得欣賞的，但並非每一種創新都會有好的結果，而且大多數讀者也未必會接受。因為讀者在看小說的時候，已經培養出自己的閱讀模式，他對某種文體的模式熟悉了，當他接觸到與他固有閱讀模式不同的書寫體式時，有些人就會對新文體產生牴觸和抗拒。所以我們的創新，不可一下子就顛覆舊有的模式，最好是思考如何在傳統的基礎上產生一些變化，在讀者可以接受的範圍內去創新會比較對作品負責任，也對讀者

負責任。變化是可以的,只要不是太過分脫離讀者可接受的範圍,是值得鼓勵的。無論是小說、散文,或者詩歌,都可以有很多種寫法,同樣的意念,可以有千百種的表達方式,這就是文學的可貴之處,文學就是藝術,演繹的方式可以千變萬化,出神入化,甚至以假亂真,可以影響到人類,當作品可以影響到、甚至迷幻到人時,就是一部成功的作品。讀者不會理會你所書寫的內容真假,他只希望滿足自己的閱讀欲,享受閱讀的快樂和感官(如視覺、聽覺、知覺)的刺激,以及心靈的滿足。藝術家之所以稱為藝術家,正在於有如此能力,讓現實幻化變形,讓讀者在閱讀的過程中體驗不同的時空,在不同的時空遇到不同的場景和人物,重溫已逝的現實和接觸未來。

我認為我們中國現代小說的弊病就是書寫方式「太實」,相反我們中國古代人寫小說就沒有那麼老實、刻板。唐朝的傳奇小說,他們想像的能力很強,他們的創作很有靈性,這樣的創作精神一直延續到明清。到了現代,中國的文學創作,整體來說反而生硬了、死板了,失去靈性了。

中國當代文學缺乏靈性

蘇曼靈:你說中國現代小說的書寫方式「太實」,這是甚麼原因造成的?

蔡益懷：文化意識形態是影響現代小說書寫方式的最大原因，這是其一。其二，是藝術觀念上的僵化，「革命現實主義」教條陰魂不散，禁錮了一代人，遺風所及，又影響二代三代。其三，當代作家整體缺乏藝術想像力，追求厚重，缺乏靈性，思想飛不起來。

小說創作是一種文字與思想自由的藝術。藝術講究的是靈動，是飛翔，是張開翅膀，是氣韻生動。而中國現代作家無法做到。

金庸的武俠小說是天花亂墜、荒誕不經的，吸收了古代傳統小說的創作風格，有很多不合理的橋段等等，可是讀者偏偏接受這種脫離現實的想像，接受作者在小說世界裏設定的情景。原因很簡單，就是有自由的心靈，靈動的想像。小說只不過是用一種虛幻的形式建立一個現實的模型，這個模型不一定符合現實的比例，它可以離經叛道，它所營造的幻想空間是讀者可以接受的，並且讓讀者在這樣的幻想中得到滿足。

蘇曼靈：請問，你所說的「離經叛道」是否有一定的道德約束？

蔡益懷：文學創作也是藝術，不可以用普通道德標準來衡量。道德是對行為的規範，也是對人性的制約。在文學的世界裏，最高的準則應該是「人性」，而非「道德」。人是「神性」與「獸性」的綜合體，當有人說「人性本惡」時，我是接受的，因為人本來就是動物，我們具有動物的本性，有生存的本能意識，這種本能意識致

使我們在求生的過程產生自私的本性，以及種種的慾念，以滿足個人所需；然而人又有善的一面，有惻隱之心、仁愛之心。人類文明發展到現階段，我們始終會受到文明的規範，自然會追求高尚。所以，無論「人性本惡」或「人性本善」，都是說得通的，二者並不存在矛盾。「道德」只是人類文明發展到一定階段時，一種外在的文明規條，也可以說是一種社會規則，其作用是約束和規範我們的言行。作為一個文學人，對於道德的思考應該超越於普通人的水準，不能停留於社會層面的思考。文學追求的是更高的道德準則，應該是一種古老的價值理念，是做人的原則以及美德，這是人類延續至今所遵循的人性原則——最高的道德標準。具體來說，這是一種明辨是非黑白的準則和心智，比如，在法西斯統治時期，不向邪惡勢力低頭，不附逆，就是一種美的道德。作家，從來都是向虛假和邪惡勢力說不的人，我十分看重這種意義上的美德。

蘇曼靈：無論一個人本善或本惡，都會有失控的時候。一旦失控，是否應該用大眾公認的社會行為規範和道德標準來約束人性？作為文學人，該如何拿捏現實與虛擬的分界？

蔡益懷：我自己也不知我何時會失控，但我覺得我會有失控的一天。在文明社會裏，道德是比較重要的，我不否定道德的作用，但是我越來越不相信一個人可以被評為

「道德高尚的人」。一個人的道德水準是相對的，是會受到不同時間、不同環境和周遭條件影響的。一個平時很道德的人，在某種情況之下或許也會做出違背道德常態的事。所以，我對很多站在「道德高地」的人與事都不以為然，甚至反感。我自己都不是道德高尚的人，因為我知道自己也有卑劣的一面；當然，蔡益懷也不是一個人面獸心的人，起碼目前不是。當社會文明發展到一定的程度，為了符合文明的標準，社會道德的規條也越來越多，以致作者在下筆時，思想本能地受到社會道德規範的限制。規條太多，小說創作綁手綁腳，也就出現「太實」的弊病。所以，在文學世界裏，文明有時也是一種枷鎖。這也是現代中國作家書寫「太實」的原因之一。「世俗的道德標準」是相對性的，會隨時間、地點、人物、事件而變化。但是，人性不會因朝代的不同，或者其他外在因素而改變。人性本身不存在變的問題，而是善惡標準在變化。因為，善也好，惡也好，都是人性。孟子說「性本善」，荀子說「性本惡」，他們各自看到人性的不同面。而善惡好比「人」這枚硬幣的兩面，同時並存才構成一個完整的人。種善因，人往好的方向走；結孽緣，又往壞的方面行，豈有常哉。道行再高的人，都有功虧一簣的時刻，德性需要終身守護與修持。像顏回那樣，「不違如愚」(孔子對他的評語)，常人通常都做不到。正

因為常人做不到，才顯出顏回的傑出，以及孔子的偉大。現在看到的很多古代著作所描寫的現象都超出了現今社會的道德標準，但是在他們的朝代，那些作品並未遭到抵制。反而到了現代，作品的審核規條卻比以前多了，這也是道德規範發生變化的一個明證。

談到現實與虛擬的分界，就該説説文學與人生的關係。在我看來，人生才是第一性的，文學是第二性，二者不能本末倒置。有些寫作的人，把文學當作生命最重要的一件事，似乎生命中除了文學還是文學，其他一切均不重要了，甚至隱世，以致失去生活樂趣。其實，文學並非如此，文學是在豐富多彩的人生裏生出來的枝葉。人生最關鍵的一點是生命的品質，追求的是生命本身的價值和意義，本身充滿世俗的味道，有喜怒哀樂七情六慾，有一種健康的近乎完整的世俗生活。文學是在這個前提下，以文字的形式對人生的各種形態加以提煉並將之呈現出來。生命是肉體和精神結合而成的，靈與肉缺一不可。文學是一種精神層面的形態，不能代替生活本身。以前，我也一度忽略真實生活的參與，一度單一沉迷於精神的追求。人生首先應該要生活，活在真實的生活中，活出一種姿采、一種意義，在這樣的前提下才能產生文學，文學就是在體驗生活的過程中，對人生的經驗加以總結，作出思考，所以文學人並非「不食人間煙火」，反而應

該是非常「世俗」的一個人。

蘇曼靈：作為一名寫作者，除了道德觀外，價值觀重要嗎？這些對其作品有甚麼影響？

蔡益懷：價值觀很重要。它決定了寫作者的思考方向，以及對是非好壞的判斷。因為文學是需要判斷的，價值理念涉及到寫作者的文學判斷能力。

抵禦新一代「抓癢文學」

蘇曼靈：你認為個人經歷對寫作的影響大嗎？你個人有沒有豐富的人生經歷？現代都市人是幸福的，對於那些人生經驗不夠豐富的寫作者，他們的作品依賴甚麼打動讀者？

蔡益懷：大多數人都有痛苦和幸福的體驗，或許只有痛苦的記憶才是最深刻的。若有寫作者經歷過戰爭、社會變遷、政治運動、饑荒、各種苦難和災難，他們的作品會較為優秀，所謂「文窮而後工」，比如八十年代那些「傷痕文學」，作家們筆下的人、事、物，每每能夠深深打動讀者。我從六十年代走過來，經歷過中國的政治、經濟與文化動盪時期，我們這代人對八十年代初的「傷痕文學」有很深的記憶。那個年代的「傷痕文學」是從真正的痛苦經歷中誕生出來的，那些是沉甸甸的，有很廣泛的社會、人生關注，也有深刻的體會和反思。相比之下，新一代的許多作品，只能算是「撓痕

文學」（抓癢文學）。我始終認為，無論是甚麼時代的文學，它必須要有一種很深邃的思想。南北朝梁太子、著名文學家蕭統編選《昭明文選》，提出文學作品應該「事出於沉思，義歸乎翰藻」，這是一個很有見地的說法，這也是一直以來我對文學作品的要求。當然，並非每個年代的人都會經歷過戰爭、政治動盪或饑荒等苦難，也並非每個作家都有痛苦的經歷，但是我相信通過閱讀和對人世間真誠的觀察與思考，完全可以彌補經歷的缺失。比如香港「九十後」作家郭艷媚，年齡和經歷與作品的深度完全不成正比，正因為作者對社會與人性作出了深刻的觀察。當然，個人經歷對寫作的影響是大的。我個人的人生經歷並不算豐富，但是童年時期正逢「文革」，家庭的變故令我畢生難忘。在我的作品《裸舞》裏，就涉及到部分文革的記憶。透過寫作，我內心的陰影得以釋放。如果曹雪芹這個富家公子未曾經歷家庭敗落，又怎會對人生大徹大悟，又怎會有賈寶玉的誕生。對於寫作者來說，有「切膚之痛」當然對寫作有很大幫助，但也有未曾經歷痛苦與苦難的作者，同樣能夠寫出深刻的作品，例如意大利作家卡爾維諾，出身於教授之家，家庭背景好，人生未曾遭遇甚麼大災大難，但他的作品一推出就成為經典，原因大致可以歸結為：閱讀經驗豐富，勤於思考。

對人生有通透的觀察，才能展現極致的格調

蘇曼靈：每一個寫作者都會有自己崇拜的作家作品，甚至初期
會模仿創作。請問，你有個人崇拜或欣賞的作家作品
嗎？你曾經模仿過他們嗎？

蔡益懷：我當然有自己崇拜的作家，比如中國的老舍、沈從
文、蕭紅、白先勇；西方的福克納、川端康成、契訶
夫、卡夫卡、狄更斯、福樓拜、馬爾克斯等等，每一
位作家都給予我很深刻的啟發，每一次閱讀或重讀都
令我驚歎、驚艷。早些年，有些作品我會反覆閱讀，
比如老舍的《月牙兒》、福克納的《獻給愛米麗的一朵
玫瑰花》、沈從文的《邊城》，閱讀這些作品帶給我寫
作上很大的啟發以及心靈的慰籍。到後期，對我影響
比較大的是老舍。在寫作上，我沒有刻意去模仿哪一
位喜愛的作家作品，但諸位作家的作品都在不同階段
影響着我。這些作家的作品都有一個共通之處——有
悲憫之心，有人性的觀照。那些作家對人的關懷與同
情，是我一直在學習和追求的。

蘇曼靈：客觀審視自我，你是否已找到自己的書寫方式和語
言？

蔡益懷：在經歷了漫長的寫作磨練、不同階段的探索後，我覺
得現在已經找到了屬於自己的書寫方式和語言。我現
在的寫作過程是同靈魂對話，同自己對話，同幻想的
對手對話。如果沒有處於無所罣礙的通透狀態，我

不會進行寫作。對於我現階段的寫作狀態，我尚算滿意。但是，蔡益懷現階段的寫作境界，尚未臻於至善。我借用王鼎鈞一句話，說說寫作的三個境界：(一) 文從字順，(二) 意新語工，(三) 言近旨遠。第一、二點，普通寫作者都可以達到；第三點，只有古今那些最優秀的作家可以達到。比如，卡爾維諾、卡夫卡等大作家，他們的視野廣闊，高瞻遠矚，思想境界極高，見解深刻，能夠影響全人類，作品的藝術境界令人歎為觀止。再比如那些經典古詩，很多作品寫得很淺白，但是內裏含義很深。而目前的蔡益懷，尚未達到這樣的境界，尚未達到對人生通透的洞察，還沒有展現極致的格調，尚有很遠很高的目標在前方。比如我的小說集《東行電車》裏有稻草人系列影射社會陰暗面和不公，我後來反思，我是否需要那麼直接去批判，是否可以再放遠一些，讓我的思想更加具備普世價值和意義，而不僅僅是局限於一個小地方，影射本地人才能心領神會的事情？如果只有當地人才知道我在說甚麼，那這個作品的價值就打折扣了，談不上普世的意義。

蘇曼靈：請問你所說的這樣的寫作境界，香港當代哪位作家達到了？台灣和中國大陸呢？

蔡益懷：首先，創作和寫作是兩個概念，不見得寫作者就是作家，也不見得所有的作品都有文學的價值。我認為文

學要具備一種文學性和美學品質，這是普通商業化作品所欠缺的，香港有很多流行讀物，多數趨於商業寫作，這類寫作尚沒有讓我折服的作家。整個華人寫作圈都缺少這樣的作家，包括獲得諾貝爾文學獎的莫言都達不到，他的思想境界並不高，當代沒有作家達到曹雪芹式的境界。文學作品達到一定的境界時，是一個智者與先知的高度。而當代作家作品多數只是小聰明、小智慧。

蘇曼靈：這是甚麼原因所致？

蔡益懷：整個民族的文化劣性和教育，以及漫長歲月的思想禁錮，導致中國多數作家欠缺質疑精神，近幾十年來甚至無人達到魯迅的境界。魯迅對國民性的思考，透過阿Q把那個時代中國人的劣性透徹呈現，而當代又有哪位作家筆下有如此深刻的人物能夠反映當代社會及人性？反而香港金庸武俠小說裏，給讀者呈現出一些較高的人生境界。一部文學作品，是否可以影響到人，就看它內裏是否隱藏了一些信息和密碼，令讀者為之心動、為之反思、為之受益，並得到啟發。好的文學作品甚至可以打動全世界的人。這是我們當代作者無法做到的。

蘇曼靈：香港回歸至今二十年，你覺得文學創作還如前般自由嗎？你自己的創作自由嗎？

蔡益懷：我自己的創作還很自由，但是，我覺得香港的自由創

作空間在逐步收窄。當代中國經濟是開放繁榮的，不過思想還處於頑固守舊的狀態，思維和制度從來不曾根本改變。我曾經說過：如果到了蔡益懷無法表達內心的真實想法的那天，我就會停筆。對此，我已經開始憂慮。因此近兩年，蔡益懷以怪誕的魔幻的寫作手法去取代直觀的表達方式，這也達到更好的效果，以影射的方式令讀者更好地想像和理解文字的寓意。

你的良藥可能是別人的毒藥

蘇曼靈：大多數作家學者都會將《紅樓夢》作為必讀名著之一推薦給寫作愛好者，你是否也將《紅樓夢》作為首薦讀物推薦給學生？

蔡益懷：我的確很喜歡《紅樓夢》這部作品，但是並非我首選。閱讀《紅樓夢》的過程，我得到很多收穫，不過，你的良藥可能是別人的毒藥。讀書沒有藥方，有的讀者或許從一本流行讀物裏得到的啟發比閱讀經典作品更多。

蘇曼靈：閱讀是提升自我寫作的前提，閱讀的過程，除了從故事內容、結構寫作手法等方面去了解一部作品，另該如何理解作者表達的意象？

蔡益懷：我們閱讀一部作品，想要完全理解作者所表達的意蘊，必須要了解作者的意念在怎樣的狀態下產生，以及構思與創作的過程。比如，要解讀一篇文章，我會先了解作者的背景，了解他創作該文時的身心狀態，

要「知人論世」，才能正確和徹底解讀作品。為了解讀柳宗元的《永州八記》，我會查閱柳宗元的背景，他當時所處環境，以及閱讀他那一時期的不少作品。

拒絕謊言寫作

蘇曼靈：請為「文人多大話」平反一下。

蔡益懷：我們應該這樣理解「文人多大話」。首先，我們的創作有很多虛構成分，高談闊論，難免給人誇誇其談的感覺；其次，確實有不少假話空話連篇的文人，他們確實敗壞了文人的名聲。但是，真正的文人始終是帶着良知去發出最真實的聲音。我認為文人應該是這個世界最神聖的人。如果他不敢發出真實的聲音，他就是一個謊言寫作者。文人也有真偽之分，即便他是在虛構故事，他也能夠講出真相。小說有一種特性就是虛構，而這種虛構是一個鏡像，映照出真實世界的真實人性。

蘇曼靈：你說的「謊言寫作者」是否指以文字和言論包裝和隱瞞真相的寫作？

蔡益懷：眾所周知，講真話得罪人，甚至有生命危險。無論寫作是多麼神聖的一件事，寫作者畢竟是凡人，他要生活，他受世俗的制約，否則，他將無法生活，甚至無法寫作。謊言寫作現在很盛行，中國很多作家依然在透過文字粉飾太平，這樣的作家很多，所以中國作家

不被國際承認、不被國際看好。我認為，寫作者如果缺乏創作自由和獨立意志，他就失去了靈魂。當然，任何一個寫作者都無法擺脫世俗，有些狀況也可以理解。所以，有些人只有到暮年，不再為生活為人生而拼搏的時候，他的心徹底放寬了，無畏無懼了，言論也才自然從心而出。

蘇曼靈：科技與經濟高度發展，世界越趨複雜，人的存在越趨微不足道。我們如何透過小說去探討人的存在，並對未來世界作出假想和期許，以令作品更具趣味性、可讀性和思考性？如何令讀者在閱讀的過程中感到與世界同在？

蔡益懷：這個世界的確很複雜，但是文學可以把人變得很簡單、很單純，文學給了我們一個澄明的空間，我們可以透過文學找到自己。現實世界是感性的，在現實中，我可能給人的感覺有點書呆子，可能是因為精神世界的空間開闊了，就不太在乎現實。當然，作為一名寫作者，也不能只沉浸在書本與文字中，一旦脫離現實生活，也不能寫出好作品。靈與慾是人的兩翼，缺一不可。幻想的世界始終不能代替現實世界的真實，現實世界雖然太擁擠太複雜，有很多醜陋的現象，但是當我們用心去體會生活，沿途的風景依然很美。世界就是一本書，作家要閱讀的是這本大書。一部作品的好壞，取決於作家的思想境界與高度，取決

於作家是否拿出真誠之心去書寫，對這個世界是否有
獨特見地，他是否有自己的密碼。這個密碼可以征服
全世界讀者的心。現代人與文字的閱讀漸行漸遠，當
代作家如何書寫才能把文字的魅力煥發出來，重新吸
引對文字疏離的讀者，如何出奇制勝，這確實是一個
巨大的考驗。而且，這並不是靠更血腥更暴虐更色
情更荒誕更魔幻，就能取勝。優秀的作家都有屬於
自己的出奇制勝的書寫方式，不同的作家有不同的秘
方。作為一名寫作者，要有更高層次的思想，也要懂
得用恰當的有美感的文字表達，好的文學作品就是色
香味俱全的花果。作家需要才情趣兼備，這三者缺一
不可。你有很強的思想，欠缺一定的語言表述力，不
行；語言很優美，思想浮淺也不行。

創作三界：感性界、智性界、靈性界

蘇曼靈：鑑定作品的好壞，你主要以作品的思想性還是語言表
　　　　述力作為判斷的條件？除此之外，尚有其他嗎？

蔡益懷：對於一部作品來說，思想和語言表述方式同樣重要。
　　　　在我看來，文學創作有三界，「感性界」、「智性界」、
　　　　「靈性界」。在這三個層面中，感性層面是最基本的、
　　　　不可或缺的條件，它提供了基本的欣賞條件，展示出
　　　　風光旖旎的迷人景致，人情的、世故的、新奇殊異的
　　　　等等，讓讀者流連其中，迷醉不已。如一些流行小

說，情節曲折離奇，縱使思想性不高，亦不乏娛樂價值。但是如果僅僅停留在這個層次，還算不得一部好作品。一部藝術性強的作品，還必須有一定的思想性，有深刻的人生體悟或社會反思。張愛玲的小說，有非常綿密的經驗界事象刻寫，描畫細緻入微，場面豐富，色彩斑斕，同時又有深刻的人生揭示，既展示出生活的華美外袍，又讓人感受到人生的蒼涼。這就是「感性界」與「智性界」兼具的作品所呈現的形態，但這還不夠。一部卓絕的作品應該是三者兼備的，達到「靈性界」的高度，既有生活實感，又有深刻的思想意識，能揭示出不凡的心性識見，發出一種智慧的光芒，觸動無數讀者的心弦。達到這個階段的寫作，我們可以視之為「生命寫作」，這是用甘苦人生乃至生命換來的。如《紅樓夢》就是曹雪芹的生命結晶。再如《大衛‧科波菲爾》、《咆哮山莊》、《包法利夫人》等等，都是這樣的典範之作。文學寫作是感性與理性乃至悟性的結合，作家通過具體生動的描繪，將感官經驗呈現在讀者面前，以此為媒介可將讀者從實在的「此岸」引渡到「彼岸」，一個精神的世界。以小說為例，作家的創作離不開故事情節，但故事本身不是寫作的目的，作家不應該滿足於製造幻象迷幻讀者、娛樂讀者。作家不會忘記一個目的，那就是將他對社會人生的某種「發現」，透過故事的「木馬」植入讀者的靈魂，

進入他的精神世界，讓他感受到作者想傳達給他的訊息。這是文學作品的存在理由。感官經驗與理性思想相輔相成，「肉」與「靈」兩相結合才構成作品這個有機體。缺失思想的故事，只是一種遊戲，只能供人鬆弛神經，享受一種近乎電玩的閱讀快感。相反，有高深的思想，但缺乏感性的生活經驗，就如頭腦發達四肢萎縮一樣，只會是沒有生趣的哲學家腦袋，讓人敗興。

結束語

蘇曼靈：欣賞蔡益懷對待學問的態度，以及品行（因為很多人在社會久了，就會忘了自己的良性）。雖然不科學，但我還是想說，沉默的人，往往「毅力」更強。

訪問在銅鑼灣中央圖書館 Percific Coffee 戶外進行，當日氣溫較低，在長達三小時的談話過程中，是文學與思想的交流驅逐了寒意。

* 訪問時間：2018 年 1 月。

談小說創作與今日社會——楊興安專訪

　　楊興安，文學博士，曾任編輯、編劇、教師，明報社長室行政秘書、長江實業集團中文秘書。其散文被選為中學課文。著有《金庸小說與文學》、《浪蕩散文》、《現代書信》等多種著述。

香港社會還需要小說嗎？

蘇曼靈：楊博士，請問小說對生活有甚麼影響？這個社會還需要小說嗎？

楊興安：戲劇由小說衍生，小說是其基礎，就小說而言，娛樂的成分很重要，失去「娛樂」趣味的小說是不成功的。宋朝時期，手工業興旺，很多人會聚在一起聽人說書，是當時大眾的娛樂。後來，「講故仔」的手稿就流傳下來，代代相傳，變為現在的小說。二十世紀後期，「小說」在香港似乎出現沒落現象，與此同時，電影和電視劇相繼發展蓬勃，小說的面貌隨之得到改變，許多小說內容以視像形式表現，可見社會對小說的需求不變。

蘇曼靈：小說對作者與讀者有甚麼影響？

楊興安：不同角度，有不同看法。從讀者角度，可透過小說接觸和了解古今中外不同世界，增加知識，了解人生和人性，增加智慧與辨識力。

其次，告子說「食色性也」是人的兩種基本人性，我認為第三種欲求是求知欲。透過知識獲得更多安全感和能力，人天性好奇，尋求知識的過程可產生趣味。小說內可包括多種文體。個人認為，「小說的功用」說得最早最好的是梁啟超，民初時期，梁啟超在〈論小說與群治之關係〉一文中說，我們的社會需要小說，小說是精神食糧之一，看小說除了體會和感悟到感情、智

慧、知識外，讀好小說／優雅的文字也是一種享受。

談到創作小說。有些人本性愛表達、愛說話，若能具備寫作技巧，則會產生創作的欲望，寫愛情，自身經歷，人情世故……每個人秉性不同則創作偏好不同。武俠小說是中國文學的特色，是創作非常好的舞台，它可涵括偵探、愛情、歷史等等。小說第一要求是趣味性，不同的讀者對趣味的要求不同。小說的最高成就是有啟發性。比如《老人與海》，整個故事非常簡單，但卻帶給讀者深邃的思考和意義。

蘇曼靈：讀者如何透過閱讀小說、獲取知識以及感受閱讀的樂趣？

楊興安：我以金庸小說舉例。廚藝、功夫、為人處世、世界觀、友情、愛情……都在其中。《紅樓夢》裏，詩詞歌賦、美學、愛情、親情……包羅萬象。不同年代不同地域的小說，反映各地風土人情、時下風貌，作者的經歷、想像、思想不同，讀者所接觸到的文字與內容均不同，這些都會為閱讀帶來見識與樂趣。

文學界需要發掘好的小說家及書評人，推薦好作品和寫書評。一個公正睿智有學養的書評家，會有讚有彈，不怕得罪人，同時具備一定的人文素養。書評人向讀者介紹作品，推薦好的小說，使讀者選擇讀物時有更加清晰的目標，不至走彎路，從而享受到閱讀的樂趣。

小説與社會的關係

蘇曼靈：以當代香港社會的情況，適合創作甚麼題材的小説？

楊興安：香港當代社會，物質文明一定是進步的，整體精神文明是退步的。今日道德意識淡薄，人與人會因利害關係缺乏基本的信任。社會受政治因素、經濟因素等等影響，人心虛浮，適合創作反映當代社會和人心的小説。社會越複雜，故事會越精彩。香港這個社會，有很多很好的小説題材，就看寫作者的感官是否敏鋭。

蘇曼靈：文學創作與政治有關係嗎？

楊興安：當然有關。過往許多偉大作品都沾染社會的政治氣候。

蘇曼靈：文學創作需要迴避政治問題嗎？文學創作切入政治話題如何拿捏？

楊興安：無須刻意迴避。任何時事與政治，只是時代的背景。作者最好不直接寫出自己的主觀意識，而讓讀者自己感受。以 2014 年「佔中運動」為例，作者可以站在自己認知的角度創作具有時代感的小説，而非讓讀者自行判斷。不同時代政治背景下，必然產生不同的人情世故，正是反映人性的好時機。寫作無須説教，也不要説教，但必須做一個有良心的作者。無論創作甚麼，作家應以自己良知作出發點。

文學是源於社會和生活的文字藝術，與人類活動息息相關。我們寫作，主要圍繞人性，人性有善有惡，且有善惡交疊的可能。而道德的標準會因時地的不同而

有異，但總要保持自己的寫作良知。一個作者，總會無意間將自己的道德觀滲入作品。魯迅曾倡議小說是替社會治病的年代。他認為：「寫出社會的病態，讓讀者看到，然後改過。」但我認為魯迅的路線偏頗狹窄，忽略了多方面的人性、忽略人性情感以及真實世界其他元素。諾貝爾文學獎的目標是：「希望寫作者以文字影響社會達致一個更美好的世界。」這個目標是正確的，但不容易辦到。

蘇曼靈：很多漢學家對魯迅高度肯定。魯迅作品披露中國人的民族性、劣根性；柏楊先生的《醜陋的中國人》揭露中國人的人性醜惡，至今仍有讀者追捧。

楊興安：為甚麼眼中只有國人的陋習與毛病？為甚麼無視中華民族的美德？對於這一點，我比較反感。任何國家的人都有好有壞。柏楊是我很佩服的作家，但後來他也對國人開口大罵，倒像他是個不明國情的外國人了。罵人不是太容易嗎？何苦呢？作為一名作者，可以揭露社會的醜態，但不要寄望藉作品説的社會醜態來發洩，來譁眾取寵，這樣作品便屬下乘了。

對網絡作品的意見

蘇曼靈：網絡小説對印刷本有衝擊嗎？

楊興安：首先，一般印刷的作品會經過篩選，有編輯有校對，但是網絡文學這樣的快餐文化，為求速度和點擊率，

對文字和內容的質量要求不高。網文固然有其存在的價值，但應該有一套制度處理，有篩選才會有水準。另外，印刷品看完可以保存，日後再看。但是網文，看完就算；紙媒可以做重點記錄，作眉批，而且不傷眼。我當然推薦印刷體。

不過，既然網媒是不可避免的趨勢，想提升網文質量，不妨考慮增加「網媒編輯」一職，為投稿文章把關，也可以為作品寫引言和介紹，甚至可以收取讀者小額閱讀費，相輔相益。

蘇曼靈：你認為小說創作者多數偏向感性還是理性？

楊興安：我個人認為，小說創作者以理性為基礎，感性為昇華。故事情節的安排需要有技巧、理性處理，而內容是否打動讀者，需要感性處理。二者並存，缺一不可。好的小說，不論時代與背景，總會帶給讀者共鳴，這就是藝術的力量。

蘇曼靈：人生經歷不夠豐富的作者，怎樣以文字打動讀者？

楊興安：經歷只是基本條件，表達力和想像力才是一個作者的功力。天下故事不外乎悲歡離合、生離死別、成敗得失、喜怒哀樂。小說是否寫得好，就看作者如何透過文字，以理性和感性，同時處理平凡、常見普通的天下事人間情。好看的小說寫出時代感，透析人性，這是小說創作的兩條縱橫線；最好兩者並存。

語文和教育問題

蘇曼靈：文字如何做到簡潔精練？是否必須具備文言文基礎？

楊興安：能夠具備文言文基礎當然是好的。中國文字精深博奧，若想自己的文字寫得好，當我們閱讀時，見到好的文字和文句，不妨記下，抄寫一次，因為抄筆記會加深記憶。「哭」和「飲泣」，同樣意思，後者的表達看上去比前者更生動更具感染力。要做到語言、詞彙豐富生動，閱讀文言文很有幫助。提倡文言文的學習與閱讀，因為內中許多詞彙十分精警和精彩。

蘇曼靈：台灣的國文學科教育，文言文超過七成，以增強台灣學生的語言表達能力。你對香港的中文教育是否滿意？有何建議？

楊興安：香港的中文教育其實只是語言的運用，小學和初中已接觸大量的語體文，到了高中應要多採用文言文。文言文包涵中國人的道德觀念、說話技巧、古代廣泛的知識以及國學和人格的修養。可以輯錄《四書五經》精華和著名文學作品作為中學生教材。

我們以前讀的是國文，包括國學教育和道德教育，而現在學生讀的是中文，僅是教授語文的溝通，失去思想性。香港的中文教育失敗，英文同樣不如意。一代不如一代。

蘇曼靈：中西教育利弊各異。西方人自幼多以放縱式開放式教育，而中國人自幼被要求律己以嚴，也因此，創造力

及藝術思維不及西方人。

楊興安：應該這樣看，普通的人普遍如此，但那些標異的人到
了某個層次，自然大鵬展翅，懂得放縱、創作、追求
理想。

香港的文學現象

蘇曼靈：你是否贊成廣東話入文？

楊興安：不贊成。中國文化有個優點，自甲骨文開始，「語」和
「文」分開，中國地方語言繁多，靠語言不易全國溝
通，必須依賴統一的書面語。所以，語言表達較為彈
性，明白即可；但書面語有規範、最好精準，粵語不
適合入書面語。

蘇曼靈：香港當代文學創作是否自由？

楊興安：香港的文學好像只有武俠小說一枝獨秀，但創作是自
由的，只要不刻意誹謗和顛倒黑白。題材可以五花八
門，甚至有些作品過分，幸好過分的未成氣候。

蘇曼靈：文學理當百花齊放，海納百川。文人為何總是彼此相
輕？香港文學界有排擠的現象嗎？

楊興安：我認為並非排擠這樣嚴重，或有，亦不多，而是作小
圈子互相追捧。非圈中人，則在視野之外。文人相
輕，自古已然，此亦文人陋習。一個創作經驗豐富的
作者，往往很少看同時代其他作者的作品。

私淑四大作家

蘇曼靈：請談談閱讀對你的啟發，以及你喜愛的作者與作品。

　　　　在寫作上，你有啟蒙老師嗎？

楊興安：回想起來，有四個作家影響我極大，可說是藝文思想

　　　　上的啟蒙老師。

　　　　第一位，薩孟武。老一輩的台灣作家。

　　　　七十年代初，朋友介紹我看他的《西遊記與古代政

　　　　治》，以《西遊記》影射剖析中國古代政治，非常有思

　　　　想性的作品。自此，我開始追讀薩孟武的其他著作。

　　　　此外，他評《水滸傳》，一部專寫男人世界的著作。他

　　　　說男人好色是天性，在男多女少的下層好漢中，會為

　　　　貪色打鬥和負義，影響大夥兒的義氣，故能不溺於女

　　　　色的是英雄好漢。又中國人講「孝」，但《水滸傳》講

　　　　「義」，《水滸傳》講的多為市井之徒，自小在街頭打

　　　　滾，父母的恩惠不多，反而受市井朋友關照多，故看

　　　　重「義氣」。這都對我的思想很有啟發。我對薩孟武的

　　　　評價是他的論點「高瞻遠矚」。

　　　　第二位是柏楊，也是台灣前輩作家。

　　　　我看過他幾十部著作，牢獄前的作品我幾乎全閱。柏

　　　　楊不但文筆流暢，且有很複雜的人生經歷。其論述「水

　　　　銀瀉地，無孔不入」，是我對柏楊的評價。但柏楊受過

　　　　牢獄之災後，思想變得偏激，便對他的作品疏遠了。

　　　　第三位是金庸，盛名響遍大中華。

我寫過評過金庸小説的文章不少，也公開講過很多與金庸及其著作相關的議題，在此，我只好簡單地説他的作品「網羅人情世道，撫人心竅，作品趣味性極濃」，以此來概括我的感受。

第四位是南懷瑾。

三十年前，友人早向我推薦，説南懷瑾精通佛理。隔了十多年，另一良友説他精於儒釋道學問，一讀之下，被他的睿智和老頑童的語調氣質吸引。隨之讀了不少他的著作。他的著述通常是他講説，由其弟子執筆。我極佩服他對國故學識的博學。其中南懷瑾説過，「亂世，道家平定天下；盛世，儒家治天下」很有意思，好像沒有前人説過。

前三位的學問，猜想我吸收不少，南懷瑾的學問，我只敢説最多吸收三、四成，有點遺憾。

個人的經驗

蘇曼靈：你在「灼見名家」專欄寫很多與歷史人物相關的文章，歷史資料有分正史野史，你如何判斷及取捨？

楊興安：我有自己的觸覺，無論正史野史，不同記載均有其可取可究之處，對於同一個題材，多看、多比較、多思考，自能判斷，摘取有價值的資料。

蘇曼靈：你曾經做過香港商界和文學界兩大風雲人物的秘書，職務對你的文學世界有何影響？

楊興安：職務對文學沒有大影響。不過，從工作中，我吸收到很難得的經驗。比如，我為金庸工作時，他叫我負責編「三十週年社論集」，我影印和粗略涉獵了近萬篇《明報》社論，從中選出一千篇。那些社論，充實了我的知識，並增長智慧，如入寶山。可惜後來放棄出版。長江集團那份工作，每天要閱讀全港所有的中文報紙、中文雜誌，六年多如此。大小新聞或特稿，無論甚麼派別，左中右論調我都看，使得我看社會的觀點和角度也許比常人更闊更深。

蘇曼靈：報章雜誌的文字並非好文字，長期大量閱讀，對你的文字創作會否帶來不利影響？

楊興安：不會。我的文字受金庸作品影響最大，我認為金庸小說是最好的語體文。多讀報章雜誌主要為了吸收知識與資訊，對社會有較全面、較深刻的認識。

蘇曼靈：家族英雄對你的文學事業與創作有何影響？

楊興安：當然有影響。為發掘與了解堂伯父楊衢雲的歷史，我花時間追尋一百年前的香港和中國近代歷史，獲益不少。感悟到中國人是以家庭為主的，一個人的努力不是為自己，而是為了他的家庭家族，甚至為國家。

蘇曼靈：談談你在教學與文學的成就，是否滿意？

楊興安：我在公開大學兼課超過二十年，曾教「古典小說」和「商業文書寫作」，也許我把「商業文書」這類學問普及吧！另外，在中文大學進修學院教小說寫作和散文寫作，

或者影響不少學生。

金庸認為寫作是無法教導的，但我認為，寫作的入門基本功是可以教授的。正如不能教出書法家，但書法之道是可以教的。我曾創作短篇小説，但不見得成功。至於我對他人作品的評論，卻頗受重視。

蘇曼靈：你對香港文學界及年輕文學愛好者有何寄語？

楊興安：「認識文學，親近文學，會更懂得欣賞生活，更懂得享受生命。」這是我對年輕人説的話。

結束語

蘇曼靈：我報讀中文大學校外課程之短篇小説創作班，與楊博士結下師生緣。楊博士的課堂氣氛輕鬆愉快，使文字增添生趣。我正值踏上文學路之初，若非遇上風趣的老師授課，恐怕早已為文學的苦悶而擊退熱情，繼續做一粒世俗之凡塵，碌碌而過。

經數年來往更增進對楊博士的了解，用金庸先生的名句：「謙謙君子，溫潤如玉」，足以概括楊博士一生為人。

＊訪問時間：2019 年 6 月 3 日。

寫作，是穿越靈魂尋找靈魂——巴代專訪

　　巴代（Badai），卑南族 Damalagaw（大巴六九）部落裔。

　　部落文史工作者、專職寫作。曾獲山海文學獎、金鼎獎最佳著作人獎、台灣文學獎長篇小說金典獎、吳三連獎、全球星雲文學歷史小說獎。著作有研究專書《Daramaw：卑南族大巴六九部落的巫覡文化》、《吟唱·祭儀：卑南族大巴六九部落的祭儀歌謠》；短篇小說集《薑路》；長篇小說《笛鸛》、《斯卡羅人》、《走過》、《馬鐵路》、《白鹿之愛》、《巫旅》、《最後的女王》、《暗礁》、《浪濤》、《野韻》、《月津》等。

巴代前言：寫作信念與動力源自於對族群文化的深情與關懷，
　　　　　文學書寫是支撐族群面對文明洪流的重要熱能，也
　　　　　是激勵族群生存創意最根本的火種，創作只是為了
　　　　　重燃且蓄積「火種」的能量，等待被需要⋯⋯

將「軍官的自律與專注」延續至文學創作

蘇曼靈：請問，你如何鞭策自己書寫大部頭的文學作品？軍營
　　　　訓練與生活，對約束自我與寫作，是否有幫助？

巴　代：我是職業軍官，我讀軍校含服役的時間正好三十年，
　　　　工作態度與日常作息大致延續着軍官那種自律與專
　　　　注。寫長篇小說的創作時間裏，大致就是「無論如何也
　　　　要按時完成」的工作習慣，好像也不太需要「鞭策」，
　　　　自動進入工作模式。

蘇曼靈：大陸作家余華在接受周樂穠訪問時提到，他不是一個
　　　　著作等身的作家，其中一個原因是，當他完成一部很
　　　　滿意的作品後，會受這本書控制很長時間，甚至需要
　　　　三五年時間才能完全擺脫它忘掉它，然後才能重新創
　　　　作新作品。

　　　　請問你有沒有如此感受？你平均多長時間完成一部長
　　　　篇小説的創作？

巴　代：余華的狀態比較是一個正常文學創作者的常態。我應
　　　　該是個異類，不論是論文或者長篇小說，習慣先訂定
　　　　一個嚴格可行的寫作計劃，然後廣泛爬梳參考文獻、

進行田野調查，繼而寫筆記、分類、安排小説架構。一本書通常我會花三至五年甚至更長的時間作這些準備，真正下筆的時候大致會花上四至六個月完成。2005 年下半年因為手上的資料很多，所以我是先訂了五本帶有歷史背景的長篇小説寫作量，寫第一本書《笛鸛》的時候，也同時進行上述的準備，在寫作進行到一半的時候，便開工寫另外一本小説。所以，過去的十來年我幾乎年年出版一本書。

蘇曼靈：新書的創作過程，無論風格或內容，會受舊作的影響嗎？

巴　代：短時間內出版很多小説，想要在本本之間創造出不同的風格是不太容易的，除非天賦特別，畢竟一個人的書寫風格受個人特質、常年寫作經驗及內涵影響和形塑。説不上是新作受舊作影響，就只是沒有刻意創造出界線罷了。我總會在題材與內容上做區隔，以避免寫作上的疲乏。持續關注我的作品的朋友一定可以發現我的小説繞了大半圈，總會和其他小説在情節上相呼應，那是因為我關注我的民族、我的部落的文化、歷史與社會適應的議題上。

正經八百地胡説八道

蘇曼靈：巴代作品以部落文化為主，對於族群外或對部落文化不感興趣的讀者，有沒有預設的期待？

巴　代：不同的族群、部落必然有它的文化隔閡，文學作品也
　　　　是一樣，各有其基本設定的群眾。興趣是很浮動的，
　　　　有時是某種機緣而改變。我的小說本來就預期着原本
　　　　對部落文化不感興趣的讀者，一旦接觸便不克自拔地
　　　　愛上。事實上，我的主要支持者是這些讀者。

蘇曼靈：除了呈現部落文化，你本人還希望讀者透過巴代作品
　　　　獲得甚麼？你認為讀者為甚麼要讀巴代的作品？巴代
　　　　作品具有哪些優勢與魅力？

巴　代：基本上，我的小說雖然充滿着族群歷史、部落文化的
　　　　氛圍，但那是文學作品，不是文化教材。讀者能否從
　　　　優異的、可讀性高的作品不自覺地想多親近與了解原
　　　　住民部落文化、歷史與生活現況，從而享受閱讀與沉
　　　　浸那樣的作品世界，那是我所能給予讀者的回饋，那
　　　　是我的作品的魅力。至於「為甚麼要讀我的小說」，我
　　　　給不出一個理由，面對讀者或可能的讀者，這態度與
　　　　要求太狂妄了。

蘇曼靈：談談自我創作風格與思路的形成，以及靈感來源？

巴　代：我想，作品風格與作者性格養成有關吧，反映在我的
　　　　小說裏的，就是那種正經八百地胡說八道，然後在看
　　　　似嬉戲胡鬧時又一本正經地談嚴肅的事。即便我的
　　　　結構嚴謹，調度的資料龐雜，但我寫得就非常本能，
　　　　很難枯燥，卻又有一定深度，知識、文學、趣味、獨
　　　　特，風格如此。一般來說，思路在建構章節時大致形

成，而靈感則是在寫作過程中時隱時現，無法預計。

閱讀與我

蘇曼靈：請談談你的閱讀經驗，談談對自己有影響的作者與作品。

巴　代：我的閱讀經驗來得早，也雜。國小喜歡故事書、台灣民間故事、翻譯而來的童話故事或適合小學生的翻譯小說。國中範圍就比較多了，香港的武俠小說、三毫子小說，當時台灣的軍中文學作品如朱西甯、司馬中原、段彩華、查顯琳等等作家的作品，另外中國四大小說的正式版是這個時期閱讀的，翻譯而來的諾貝爾獎作品生澀地啃食。軍校階段包括名人傳記，更多的軍中作家與台灣當代作家作品、武俠小說。軍校畢業後，現代文學、翻譯的日本歷史人物傳記、自然科學等，閱讀很隨興紛雜。檢視自己的作品，很難說受了誰的影響。

蘇曼靈：除了個人人生經歷、閱讀經驗和經歷，你認為作為一名作家還應該具備哪些條件，才能夠寫出優秀的作品？（勤奮？寫作訓練？想像力？創造力？天賦？人品？）

巴　代：哈哈，優秀作品……這恐怕不好說了，「優秀」需要被定義與評鑑，有隨波性與主觀。不妨說「寫出辨識度高、具個人獨特風格的作品」比較適當。與所有歌手或

其他藝術作者一樣，「辨識度」幾乎是別人認識作者與其作品獨特風格的頻譜。這需要作者在文字與敘事技巧的琢磨。至於需要甚麼條件，你說的項目都是必須的基本條件，而「人品」的要求則不是。

世界、社會與我

蘇曼靈：你覺得這個世界是更好了還是更壞了？人類有進步嗎？人性有何改變？這樣的好壞和改變對文學和藝術創作有甚麼影響？請以台灣為切入點談談這個問題。

巴　代：這世界氣候、資源不可逆的變遷與耗竭，其他的似乎總是在一個循環或者某種平衡，說更好了更壞了，也難以量化與精準說明。就台灣而言，經濟狀況的跌宕起伏，兩岸關係與國際關係的定位，總的來說變化莫測，人性也常常因為特定事件而波動或分裂、結合。過去七十年台灣文學的發展與變遷幾乎離不開這個社會脈動，對文學環境的多樣性來說是好事。不過對於我這樣的創作者而言沒甚麼大的影響，一方面我的寫作資歷短，二來我一直選擇走自己的路，建立自己的軌道與書寫世界。

蘇曼靈：西方很多偉大的文學作品都誕生於戰爭或亂世，你認為「苦難」是否文學與藝術創作的重要源泉、條件與動力之一？

巴　代：因為深刻，所以環繞在苦難而來的作品容易得到共

鳴、關注而成為經典。成為藝術與文學創作的重要泉源、條件與動力，那是毫無疑問的。

蘇曼靈：以莎士比亞為例，悲劇的經久不衰是否因為「痛苦」是刺激人類情感並引起共鳴的重要因素？

巴　代：這點我同意。不過，作為當代文字工作者，我們還是得找尋一些正向的、快樂的題材，調和自己也給人希望。

蘇曼靈：西方文學裏，很多經典的文學著作都會涉及時代背景和政治，以歌頌或抵抗一個時代或政權的優劣，然而華文世界這樣作品相較極少。你認為文學作品若牽涉政治，如何才能避免成為政治人物的打手，或受到政治意識形態與現實的批判？

巴　代：在台灣的經驗，以文字對抗體制與威權在過往是很常見的，這也是寫字人的風骨與社會責任，當然會引起不同意識形態陣營的批駁。我覺得不同想法不同意識形態的理念之爭，都必須清楚地與統治政權、當權派劃清界線，避免成為保皇黨。

蘇曼靈：關於這個「清楚地與統治政權、當權派劃清界線」，可以具體談談嗎？

巴　代：正確地說，一個文人認同統治者或當權派理念無可厚非，興文為其宣揚善意與健康理念，甚至興起爭論也是可以接受的。但得辨明執政者刻意隱藏其中的某種為延續執政的宣導，切忌為迎合上意，行文生議淪為

打手，甚至讓統治當局輕易羅織罪名構陷文友。但如果一個人對理念的堅持超越統治當局的格局，能闡述更高哲理的理念，也不妨鼓勵，因為那已經不是一般文人，而有可能是哲學家或影響後世的理論大師了。

鼓勵方言創作，那是責任也是權力

蘇曼靈：華文書寫中，以台灣和大陸盛產長篇小說家，你認為
　　　　書寫長篇小說需要具備哪些內在和外在的條件？

巴　代：作家的特質應該有很多的共通點，但長篇小說作家因
　　　　為題材與篇幅較長也龐雜，有些特質可能會更被要
　　　　求。內在條件應該包括：龐雜資料的組織力，不同素
　　　　材之間連動的想像力，篇章割捨的決斷力，專注、毅
　　　　力、穩定的情緒與坐得住的屁股。外在的條件應該包
　　　　括：可維持一定時間生活的穩定收入，以及可進行寫
　　　　作的起碼環境，盡可能減少不必要的社交活動。

蘇曼靈：請談談方言寫作的利與弊。

巴　代：「方言」是一種具主從關係的用詞與地位，就創作而
　　　　言，僅因語種的差異，其應有的文學價值絲毫不遜
　　　　色。若非得從「華語」為尊的「方言」定位，其利是精
　　　　準呈現「我口即我寫」的效果，保存地方語種的活力。
　　　　弊端也明顯，那就是面向性狹仄，市場局限。但我
　　　　想，具方言能力者，若有餘力，還是該試試以方言創
　　　　作，那是責任也是權力。

蘇曼靈：一部作品的可觀性（思想境界與文字感官）受不同語境的文字表達風格與習慣直接影響，台灣的官方語言較為柔軟，所以台灣詩歌創作可說是風情萬種；那香港和大陸呢？你對此有何見解？

巴　代：台灣詩歌的形塑我研究不多，根據自己的成長經驗與詩的嘗試，我覺得跟推行國語（華語）作為官方語言的聲腔應該是畫不上等號的。台灣從古典詩、詞的推廣與濫觴，再經歷有段時間鴛鴦蝴蝶派的文字唯美追求，後來新詩創作的百花齊放，各類具實驗性質的詩社林立，創作的自由度與普遍性高，以致處處有詩人、寫詞人。綜合對於用字遣詞美感的追求，意象經營的執着，追求創新與聲韻流轉的講求，自然會創造出繁茂多樣的成果。至於香港與大陸，各自的體制與文學環境，可能產出的作品氛圍自然不同。詩，畢竟是精練文字的呈現，聲腔固然是一個表現方式，但應該不是主要。

以不同體裁的創作滿足自己

蘇曼靈：作為一名寫作者，你認為自己的性情與創作，理性偏多還是感性偏多？

巴　代：我的性情喔，哎呀，貼着我的創作，理性與感性均衡啦。

蘇曼靈：請談談你作品的特色，談談你對文學的想像。

巴　代：短篇小説主要關懷原住民族在現代社會的適應，長篇小説則以族群歷史、文化作為創作素材，作品的特色具濃厚的歷史現場感，豐富的文化意象與細膩的戰爭情緒，作品有極高的辨識度。我對文學沒有太多的想像，作家的話語權還是得回歸作品，所有的想像透過實踐，供世人翻閱與傳誦，文學的意義才真實存在。

蘇曼靈：到目前為止，你對自己的寫作／出版狀態滿意嗎？對未來寫作有何展望和計劃？

巴　代：我很滿意現在的狀態，無論出版或者是寫作的持續力度。期望身體保持健康，七十五歲以前再寫十三本長篇小説，而後參透人生更深層的哲理了，再回過頭好好寫短篇，寫散文，寫詩。

蘇曼靈：很多寫作者以短小的篇章作為寫作生涯的前段創作期，例如，創作詩歌、散文或短篇小説。你恰恰相反，這是為何？

巴　代：其實，我最早嘗試文學創作，是 1997 年底從模仿詩作、寫詩開始的，1999 年台灣「九二一」大地震之後才驚覺小説對於説故事，有極大的整合性，於是開始嘗試寫小説，我的短篇小説集《薑路》收錄了這個時期到 2003 年期間的短篇小説創作。2005 年 6 月之後嘗試寫中長篇，也就正式開始了我的長篇小説之旅。我一直定位自己是「部落文史工作者」，寫長篇小説可以同時處理文化、歷史與部落各項議題的闡釋。所以趁自己

還不太老，體力、意志力還跟得上的現在，我選擇長篇小説作為文史工作的輔助工具，專注創作，等哪天機緣到了，再寫寫短文、詩或散文滿足自己的文騷。

結束語

蘇曼靈：在香港初次見面和交談，就被這位陽剛氣質的作者吸引，台灣探訪，與初見情景一樣，巴代大大咧咧地走在前面，小巧賢惠的阿惠嫂跟在身後，被擋去半邊風景。

巴代每出一部著作，都會留一本給阿惠嫂，除印有藏書票，還會寫下贈言及親筆簽名。夫妻如斯恩愛，相濡以沫，巴代的筆，得以源源不絕地書寫。

巴代給我的印象，除了愛、責任、自律與堅毅，尚且風趣和謙遜，這些特質，有先天有後天，或受民族影響，或三十年軍校服役影響。能夠保持良好的身心狀態不紊書寫，對一名長篇小説家而言，是可貴的必要條件。

* 訪問時間：2020 年 5 月 5 日。
　訪問原定在高雄，打算面訪巴代，因疫情影響，港、台兩地自由往來受限，不得已才採用書信方式。雖較省事省時，但也失去很多只有面對面談話才能營造和及時發現的趣味性，實在遺憾。

一

詩人專訪

以黑色美學抵禦俗媚——羅智成專訪

　　羅智成，詩人、作家、媒體工作者、文化觀察者。台大哲學系畢業，美國威斯康辛大學東亞所碩士、博士班肆業。曾經長時間參與多種媒體的經營管理，如：報紙、雜誌、電台、電視製作、出版及通訊社等；也曾擔任過公關公職。現為文化創意事業負責人。著有詩集《畫冊》、《傾斜之書》、《寶寶之書》、《光之書》、《泥炭記》、《擲地無聲書》、《黑色鑲金》、《夢中書房》、《夢中情人》、《夢中邊陲》、《地球之島》、《透明鳥》、《諸子之書》、《荒涼糖果店》等，詩劇《迷宮書店》，散文或評論《知識也是一種美感經驗》、《亞熱帶習作》、《文明初啟》、《南方朝廷備忘錄》，攝影集《遠在咫尺：羅智成攝影之旅》。

性格鑄就，我寫想像中的「詩歌」

蘇曼靈：你的創作風格主要受哪些詩人或者文本影響？請談談
　　　　你個人風格的形成，以及獲得靈感的途徑？

羅智成：基本上，我不認為在接受影響的時期就一定是風格確
　　　　立的時候；不過刻意回想的話，我仍會迅速想到一些
　　　　人名。先不提中國傳統詩詞裏的巨擘，在我創作初
　　　　期，確實有許多西方或現代詩人、作家與作品深深觸
　　　　動過我，像是波特萊爾、愛倫波、艾略特，或者巴斯
　　　　噶、尼采、齊克果、卡夫卡、佛洛依德等。更具體一
　　　　點的舉例，比如法國作家安德烈・紀德；他的作品，
　　　　包括年輕時期的《地糧》並不是很知名，但是有很多台
　　　　灣詩人、作家都受到他的影響，我也是其中之一。論
　　　　者說，紀德受《聖經》文學與文化深刻薰陶，每部作品
　　　　的名稱都來自《聖經》的典故，我則喜歡他作品中那種
　　　　孤獨的「先知」或「一意孤行的思索者」般的口吻。捷
　　　　克詩人里爾克的《馬爾泰手記》是我高中時期的床頭
　　　　書，他的《杜伊諾哀歌》、《致奧爾弗斯的十四行詩》極
　　　　具份量，也同樣帶有玄學思索的神秘感；這種混着意
　　　　識流、個人色彩與囈語的風格是否在那時滲進我的語
　　　　言，我不確定，但至少在年輕時期，這些作品都帶給
　　　　我很大的慰藉。類似作品，還包括：聖修伯里的《小王
　　　　子》、齊克果的《誘惑者日記》、艾略特《荒原》、方莘
　　　　的《膜拜》，以及愛倫・坡的許多的暗黑系列作品。

當然，前人的影響並不都是那麼直接，我自己覺得我
的創作風格是一步一步地演化過來，充滿辯證、反省
與超越的過程。我常常審視自己早期的作品，最早的
作品帶有鮮明浪漫主義風格，同時耽溺於古典詩詞的
意境與駢賦的華麗語彙，不久又去摸索着五四時期詩
歌的深化與轉化，但那些風格我很快就拋棄了，開始
試圖去抓取更接近我的口味的東西。在我的早期創作
階段，最大的焦慮和挑戰，可能就是對於接觸的，不
管是誰寫或翻譯的文學語言，都有一種不自然或不自
在的感覺。我清楚知道，那些不像是我會講的話語，
不像是我講話的方式，也不像是我可以坦然在大眾面
前表達的文字。因為思考語言、日常語言與書寫（或
創作）語言離得太遠，會讓我覺得造作、失真或沒有
效率，不管是誰靠向誰，我認為這三者必須一致，最
後形成一種「誠實」的語言。我想，這也是後來很多人
看我寫作的風格，總覺得看不出傳承或影像來源的原
因。例如，早在七十年代，便有評論者談論我的詩作
時說：「羅智成的作品看不出傳承，好像孫悟空，沒有
臍帶。」1979 年我出版第二本詩集《光之書》時也說過：
「我覺得我的性格越來越不適合寫詩。我必須為我的性
格去摸索、創造出適合我性格的詩。」也就是說，我在
相當早的時候就有一種語言意識，渴望聽見完全屬於
自己的聲音。我覺得對於我剛剛說那句話的體悟，可

能是我風格真正的來源，那就是：「我要找一種適合我性格，像是我自己在講話的那一種講話方式，如此才會成為我詩歌的語言。」

蘇曼靈：你說自己的性格不適合寫詩，卻為何要堅持寫詩？

羅智成：我先談談性格。作為一個在東方社會長大的男生，他面對這個社會的時候，其實不會那麼天真、坦率的，他不會那麼熱情、毫無保留去擁抱與表達，甚至是會帶有戒備心的。也就是說，東方男生成長的過程中，從這個社會的經驗裏，他所感覺到的善意，沒有多到足以讓他放下心防。所以，即使在表達自己的時候，他還是必須去抓一種他覺得這個社會可能更能接受的腔調。而我不覺得這個社會打從心裏就信賴所謂的文藝腔（也許就年輕人或女性讀者來說，不見得）。但是同時，我也覺得無論華文社會、甚至東方社會、甚至整個世界的讀者，他在習慣一種正常、自然的言談之外，在閱讀時，則會透過對於文學的刻板印象去期待一些浪漫的形容或者制式的修辭方式，反正，就是很容易讓人看出文藝腔的那種表達方式。可是在我的預設裏，我的讀者是屬於那些不輕易被這樣的語言所說服或滿足的人。但我並不是說，我的東西不是一種文藝腔，我只是說，我可能更願意摸索出一種我自己比較喜歡、適合的文藝腔。也許對別人而言，我的東西也是一種文藝腔，但我的文藝腔不是那種過度感

性、一味浪漫的文藝腔，而是讓讀者感覺我的態度是盡可能清醒的，談論的事情比較傾向於思索的。我自己還蠻喜歡這樣的感覺，就是相信：一個作者最幸福或最具優勢的時候，就是他的思考語言，跟他的日常生活語言是一致的，而他的日常生活語言跟他的創作語言是一致的。關於這一點，我認為，我真的逐步做到了。前幾天詩會裏那個主持人說，我說的話就好像已經變成一個作品，可以同時放到書裏似的。跟我打交道的，很多人都有過近似的想法。也就是說，我正在說的這套語言，不只是我的日常語言，也是我思考現場的語言；同時，這套思考語言，也就漸漸變成我的日常語言。這樣的好處就是，當你要表達自己的時候，你是打從心裏，不需要經過任何的翻譯跟修飾，就直接出來了。

至於當我說我的性格不適合寫詩時，重點在於對「詩」這個字眼的想像與解釋。也就是說，如果大家都覺得「詩」一定要浪漫、感性或刻意優美的話，那我的性格應該不適合寫它的。

蘇曼靈：如果你說自己的性格不適合寫詩，那適合寫甚麼文體？

羅智成：哈哈！適合寫我自己想像中的「詩」。

我認為以整個人來說的話，我當然有我極為浪漫的面向。不過大家刻板印象中的浪漫是跟感性密不可分

的，而我覺得我的浪漫更像是某種選擇或價值判斷。也就是說，在選擇或取捨的時候，也許我會挑的選項會更依照着我的個性、喜好而非功利考量。

你這樣問我時，我在內心裏真正想說的答案是，由於我會把每種文體都寫成我期待的那樣，所以每一種文體應該都還夠駕輕就熟吧。舉個例子，其實我一直很喜歡接近情詩的表達方式，有溫柔的語言，又有煽惑人的語法。可是同時我也絕對的大腦過動，我的大腦活動應該是思考型、分析型的，也就是說本質上是比較適合做哲學分析，或者心理分析。我在大學畢業前做過一次性向測驗，最適合的工作，作家只被排在第二位，第一位是心理學家。

不管怎麼樣，到現在為止，對我來說，甚麼樣的文體對於我來說是沒有差別的。如果你繼續問我比較喜歡用甚麼文體來表達，應該跑不掉幾種：第一，是詩的形式；第二個是詩化的散文形式；第三個可能就是完全論理但充滿詩意的論文形式。

詩歌是文學作品，也是 lifestyle

蘇曼靈：請談談方言寫作的利與弊。

羅智成：「方言」這個字眼對我而言，有多種理解的方式。一般人寫作的時候，大概會受到兩個基本因素的影響。一個就是你對於所使用的文字的感情聯繫，這聯繫包括

你對他的熟悉度和具有的優勢；第二個就是你寫作的時候所預設的閱讀者。其實我們總是一邊在寫作，一邊在設想、在期待、在塑造所謂的讀者。我們創作者不只為讀者寫東西，我們也透過寫作的方式在選擇讀者。這是專業書寫者都會有的「作者意識」。是的，你寫作的語言與內容決定了讀你作品的人。

關於方言，以我個人來說，我生長的家庭沒有明顯的方言，一開始就是普通話家庭。我父親是湖南人，但沒跟我說過他跟同鄉聊天時講的方言，我母親台北出生，是閩南人，受過日本教育，大部分時間也跟我說普通話。但由於跟外婆家很親，所以我的閩南語是非常熟練的。在文字上，就單純多了！方塊字的中文是我唯一的母語，也是在大腦運轉時的自然語言。所以在我創作初期，並沒有考慮過「方言」的問題，自然而然地用普通話寫作。而漸漸地隨着認識更廣闊的世界、渴望更多人理解的同時，我開始覺得，普通話／中文，其實就是我的方言。當我講這句話的時候，有兩個意思：一，在中文世界裏，中文固然是最重要的一個官方語言，可在整個世界，在人類文明的格局裏，中文也不過就是其中一種語言，所以中文對我來說，我對它既有方言的情感與相對於全世界的局限性，也有主流語言帶來的方便性與豐富悠久的文化底蘊。二，方言或母語，有時候我把它理解成：當你想跟人

家作更密切的溝通時所使用的，最接近你的靈魂的語言。大約二十年前，我計劃要出一本散文集的時候，曾經反省過，雖然我是用中文書寫，可是因為長久以來習慣的書寫方式，特別是語法上一些風格、慣性與特別的安排，並不見得每個讀者都看得很懂，或可以很流暢、舒適地閱讀我的書寫方式，於是我想到：其實，我的書寫雖然是用中文，但它已形成了我個人的方言。所以就想把要出的這一本散文集叫做《一個人的方言》。

蘇曼靈：每個時代有不同的語言，你認為詩歌創作是否該適應每一個新時代的語言風格？寫作者該當如何去適應？

羅智成：創作者在文學裏渴望追尋的常常是一種超越時空的、永恆的，或至少有長久價值的東西，因此，在快速變遷的社會，往往會讓他遇到一些掙扎或困惑。每個時代都有不同的語言，但有沒有比較持續的語言呢？可以跨越時空和下一代的人依舊親密的聯繫，就像我們曾和文學經典深刻共鳴一樣？詩的語言能不能做到這一點？以我來說，這個問題已經被間接地包含在創作的每一個當下考慮了！原因是，當你創作的時候，你就會有你所設定的讀者，你使用的語言自然也會跟着你設定的讀者在改變：年齡大小、世代差異、教育水平、心境、期待與興趣等等。其實創作的過程就是一個對話的過程。

每個時代都會有每個時代的語言。至於創作者要去適應或去對抗變遷的語言，不完全決定於他對這些語言的好惡，更多時候是他想跟讀者建立甚麼樣的關係、維持怎樣的距離、傳達哪一種的態度。

我最近才寫完一首三千多行的詩作〈問津〉，談的是一個想像中的新桃花源之旅，在書中我是如此構思的：一千六百年前，陶淵明筆下的漁人去了桃花源。許久之後，二十一世紀的我們破解了秘密，終於又到了桃花源。作為創作者，我想為當代讀者問的第一個問題就是：他們講的話我們聽得懂嗎？會接近哪樣的聽覺體驗？我相信一定是聽不懂的。從意義上來說，那一定是充滿挫折感與焦慮的。從聽覺上來說，則因為聽不懂而單純化為純粹的聲音。

語言的確是與時俱遷的。對詩來說，我覺得它對語言的敏感度更高一點，論文或者敍事性的文章，語言變遷的影響相對要少一點點。但是，一般人反而覺得詩的語言歷久彌新而忽略了：詩其實更多時候像歌或者流行音樂一樣，它不只是文學作品，同時是一種 lifestyle。lifestyle 必須貼近時代精神或時代氛圍的那種細微的感覺，所以，當一首詩的一些字眼或表達方式被使用過頭的時候，詩人會很快覺得這是陳腔濫調。我在創作的過程裏，會反覆審視所使用的文字是否已經被用爛、太可預測或失去了官能與理念的衝擊力。

別的文學類型對陳腔濫調比較不是那麼敏感，因為它們的語言不是用來作為情感上的精確表達並引發豐富的聯想的，所以在描述的時候，你期待的是直接的訊息，不會因為覺得有些陳腔濫調而產生失落感。但是當你從事以表達為主要藝術、以風格為主要職志的創作時，重複、粗略、陳腐就變成致命傷。詩人一直在抵抗陳腔濫調，他一方面在抵抗慣性的流行的語言，一方面在追尋新的語言，並希望它可以流行。所以他對語言的多重態度是根據個別的創作需求而決定的。

總之，詩人或大部分文學創作者都應該適應新時代語言的改變，但又絕不僅止於此，而是隨時都企圖去超越它、反叛它。方式可以有很多種，以我個人而言，就是永遠忠於自己的思考語言。

蘇曼靈：你講到「創作會受預設到的讀者影響」，那是否你在寫作的時候會考慮讀者？

羅智成：我們考慮讀者有不同的層面。很多人都覺得創作是一件非常自我的事情，目的很單純，就是我們都想表現自我。但是，一個具有作者意識的人，同時也會擁有讀者意識。作者意識跟讀者意識是一體兩面的一種辯證的存在關係。甚麼時候有了作者意識呢？就是你充分意識到讀者的存在，以及它所形成的書寫環境的時候。每一個人在創作的時候，原本都會下意識地想到讀者。當我們的語法用得比較簡短或者比較溫和

的時候，可能就是預期我們面對的是年輕或者是友善溫和的讀者；當我們的作品充滿嚴謹語法或刻意艱深的文字時，我們假設的讀者可能是一個犀利、挑剔、隨時可能會反擊你的人。或者，當我們用中文創作的時候，我們自然認定讀者是看中文的；當我們用母語的時候，我們自然假設讀者會因為母語而倍感親切；當我們用典故的時候，我們假設讀者是理解這些典故的，並且和我們有著接近的文化素養；若我們覺得讀者可能不懂典故，就常常會在典故前後加說明。我上課時常舉的一個例子：「我常去的那家餐廳就是巴爾扎克常去的那家餐廳」跟「我常去的那家餐廳就是法國大文豪巴爾扎克常去的那家餐廳」，這兩句話的差別在於，第一句話預設了讀者曉得誰是巴爾扎克，第二句話則認為讀者可能不清楚巴爾扎克是誰。同樣的，當我講一句話，「此刻我陷入的困境，正是維根斯坦試圖用他的語言脫離的」，我就應該是意識到我的讀者大多都知曉誰是維根斯坦，而且多少知曉維根斯坦的語言哲學風格。所以，我們在寫作時，或多或少都意識到讀者的存在。

我認定的身份，就是一個大腦過動的思考者

蘇曼靈：你一生角色多變，擔任過公職、編輯、電台台長、雜誌發行和創辦人、職業經理人，並被學界稱為「黑衣教

皇」等諸多身份，你最滿意自己甚麼身份？

羅智成：其實我一直不確定我最想要的是甚麼身份，作為一個順其自然的人，或一個率性行事的人，經常被很多知識或好玩的事情吸引。我想要做的事情，從一開始就很多。我曾經說過「希望自己可以擁有豐盛的人格」，這句話代表我希望能去體驗喜歡的各種事情。我喜歡的事情包括：思考、創作、表達、幻想、獨處、繪畫、攝影、旅行，或者規劃很多構想等等。我喜歡的事我都願意為它劃出很多的時間。因為比較早就透過文學創作被人認識，所以曾有一段時間，我甚至想過，要去從事更多離文學很遠的事情，來抵抗作為一個文字工作者或詩人的定位，因為我覺得那些定位是不足以代表我的。但是隨着年齡的增長，就漸漸認命了，我目前的第一身份，也許就是文字創作者。我還是會參與或繼續玩一些其他的東西，但跟我的身份沒有甚麼關係的。如果你問我自己認定的身份，可能就是一個大腦過動的思考者，也是一個內心無疆界、不受界域束縛的創作者。創意和思考，是兩個構成我腦袋主要活動的最大元素。

蘇曼靈：你如何處理寫作與工作和生活之間的矛盾？

羅智成：我是一個捨不得割捨的人，所以我很少會為了我喜歡的這件事情犧牲掉我喜歡的那件事情。回顧過去的生涯，我發覺到我真的是一個過度忙碌的人，因為每件

事情都想做，喜歡做就做了，第一時間都不會想到放棄。所以每隔一段時間我就要休息、調整一下。例如，以我現在來說，我並不想放棄我白天的工作，或者不想放棄晚上跟家人相處的時光。到我真正能創作的時候，很可能便是深夜大家都睡着的時候。可是第二天我又得很早起來，因為我又非常享受「帶小朋友上學」這件事情。長久下去，就會睡眠不足，所以通常到禮拜四的時候，我會很早倒下並很快就睡着了。再靠着周末把精神補起來，大腦在禮拜一再開始一個惡性循環。

蘇曼靈：這樣不是壓力會很大嗎？

羅智成：我沒有覺得呀，我並不喜歡壓力，我是會逃避壓力的。應該說我是會調節壓力，我需要壓力來策動我，但是，不會讓壓力變成一個不可化解的痛苦。我會把壓力分解成不同的問題，讓它成為可承受的壓力。現實生活裏我的壓力會一直接踵而來，我必須要做的事情，第一步是，把壓力切割成可以承受的塊狀。

蘇曼靈：外界會把你和政治扯在一起嗎？你本人有何感受，對寫作事業有何影響？

羅智成：其實根本沒有甚麼人把我跟政治扯到一起啦。當然，我有幾次擔任過公職，也有幾個政治上的好朋友，但在台灣這種黨派屬性日趨鮮明的社會裏，作為一個純粹的文化藝術創作者，我在其他領域是絕對低調的，

我的性格裏最重要的特質是客觀心智，這個東西是不會受情感或黨派影響的。所以，我也不覺得參與政治公職對我的性格或者寫作有任何的影響。最關鍵是，無論何時何地，一個人都要先做好兩件事情，一個叫客觀化的心智，另外一個就是同理心，再要講的話就是：要忠於自己、忠於自己信仰的價值，並相信品行就是我們最基本的價值。做到這幾點就夠了，我並不怕去對抗，如果有些事情是不合我的性格與要求的話，我不會壓抑我的性格去迎合那些我做不到的事情。在內心裏，不管做不做得到，我還是希望成為一個努力抵抗媚俗的創作者。

文學並非文明的大部分

蘇曼靈：詩人或詩歌在當代社會處於甚麼角色？在台灣人民的精神領域起到甚麼作用？

羅智成：應該也沒有太大的作用吧。我常講的一句話：此時此刻，全世界 90% 的人，可能一輩子都沒看過一首詩或者是一個文學作品，可是他一樣可以活得好好的，甚至一樣可以活得很有派頭，很有風格。所以不要覺得文學是我們文明的大部分。文學不是我們的一切，更不是大部分人的一切或者是大部分。對這個東西，我們要有所認知。但相對來說，我一直覺得，我很幸運生長在台灣社會，台灣社會作為一個中華文化的重要

傳承所在，中華文化裏真的有高度尊敬知識分子或者尊敬文化人的這種傳統，打從教育階段開始，知識分子就遠遠比其他領域的人更受尊重。因為有些領域的人並不是直接受尊重，他們受尊重可能因為他們有更大的工作上的回饋或者更高的收入。但只有文學或者文化，幾乎是「本自為善」的。因此，一個文化人雖然沒有賺到很多錢，這個社會的人還是會尊敬他。當我們可以在各種價值中擺脫掉比較本能的利己、功利價值，而還會選擇文學或文化的一些特殊價值，代表這個社會初步具備了「人文社會」的基礎。人文社會最重要是因為他相信有人文價值。人文價值就是在接近我們本能的各種權利或利益的價值之外，我們會為了某種理想或夢想局部犧牲本能的那些價值。以這點來說，台灣社會比起絕大部分的社會對於文字工作者是比較友善的，至少不會是帶着偏見與歧視的。這樣的環境最大的好處是，任何一個年輕人，如果要從事藝術創作，他在台灣遇到的外在與心理阻力相對來說是比較小的。另外一層意思，當這種事業相對而言受到重視的時候，那些更優秀的人才也願意涉獵這個領域，或者來發展。有很好的人才來玩這塊東西，那這塊東西就會有好的作品來影響社會，而更獲得尊敬。倒過來，如果這個社會尊敬文化工作的話，就會有更好的人才願意進來。這就形成一個良性循環。

我覺得，至少在此時此刻，台灣社會是一個對於文學藝術創作者來說，是友善的。至於是不是有很多人來讀、欣賞或真正的理解，我覺得那是一件值得繼續努力的事情。

蘇曼靈：你覺得這個世界是更好了還是更壞了？這樣的好或壞對詩歌和文學創作有甚麼影響，請以台灣為切入點談談這個問題。

羅智成：世界的好與壞，最主要決定於你用甚麼判準。如果從道德倫理來說，這可能會比較中性，沒有所謂的更好或更壞。因為道德有時不免是相對存在的，有些道德是具普世性或跨時空永恆性的。如果以這塊來說，我可能會覺得是變好了。因為，我們現在的社會條件跟我們的教育方式、法律制度等等，使得道德在整個世界的穿透力是增加的。也許古代看起來道德更具主導的地位，更被推崇，可是那些僅是在史冊上的。不要忘掉，在任何一個古代裏，當他們把道德擺到最高，甚至高到像宗教的位置時，其實真正的庶民的生活裏，那種道德敗壞，跟人道、人性的厥如的狀況，我相信應該是更嚴重的。舉例來說，虐殺嬰兒，或者是貧富懸殊問題，窮人的慘狀，或者是土匪的橫行，甚至兩性不平等、家族暴力等等，以這些角度來看，這個世界其實真的變得越來越好。雖然有時候我們對現代社會有道德淪喪的感覺，那是新舊文化上的差異

所造成的。我覺得，本質上一個越開放和越進步的社會，道德就會越高尚。在這個問題上，我還蠻唯物的，一個物質基礎夠好的社會，要有一個比較高的道德基礎，其實並不是那麼難。

當代所謂道德淪喪，比較會鎖定在人們追求物欲或者追求金錢的過程，讓很多人更加不擇手段，所以我們會覺得道德是在敗壞。可是這種敗壞是因為面對了種種環境誘惑的關係。有些人會覺得傳統社會看起來比較沒有這種問題的存在，可是我覺得，古代的或者孤立社會裏看起來更純潔、更有道德的假象，很多時是因為他們沒有真正被誘惑過，他們的道德是處於沒有被利益試煉或啟發過的社會，具不具備免疫力還不知道。而現代人是飽受金錢和物欲試煉過的，在眾多的誘惑和條件下，你還是願意遵守遊戲規則。

針對年輕讀者寫東西會不會讓自己的作品長不大？

蘇曼靈：在台灣，詩歌讀者群的年齡現象是甚麼？

羅智成：我在二十世紀初期辦過兩次台灣最大的國際詩歌節，接着又去參加了法國、德國等地的詩歌節，這些歷練證實了我一直有的一種感覺，在華人世界裏，文學作品的主要消費群是年輕人，特別是以青春期後的年輕人為主，就像當年我在青春期被大量的文學藝術作品所觸動一樣。相對來說，西方人的文學藝術的消費

者，總覺得在成年人中比較多。當我意識到這一點時，有一個比較大的警惕：由於我們的讀者群比較年輕，所以我們的創作者預設的讀者就比較年輕，這樣我們的創作者就會下意識一直針對着這些年輕讀者在寫東西，這樣會不會讓自己的作品長不大呢？舉例來說，年輕讀者可能會覺得情詩或者浪漫的作品比較有感覺，但是對於一個世故的歐洲的成年人，他會不會還會想看初戀的羞怯與浪漫的憧憬？這會是他想透過文學作品尋找的東西嗎？這是我一直思考的問題。一個社會裏的閱讀氛圍跟喜好會決定一個社會創作作品的深度、厚度跟廣度。雖然我覺得華文社會普遍對於文學創作是友善的，但是華文社會的讀者，也可能倒過來，比較影響到華文創作者對於文學的想像跟發揮。所以我就看到有些大部頭的、有深度、廣度或有着強烈的大腦肌肉的作品，往往產生於西方社會。東方社會裏，你會看到，除了少數的小說創作者之外，看到的總是輕薄短小的、輕盈的、情緒抒發或是賣弄修辭技巧的這類東西。這樣的現象長期跟這個社會、跟他的讀者打交道所累積的自我暗示應該有關係。

蘇曼靈：跟閱讀有關嗎？

羅智成：讀者影響創作，創作影響讀者，二者相互影響。華人世界在閱讀量上已經遙遙落後很多地方，包括很多先進社會，例如輸給日本和韓國；如果在閱讀的品質跟

內容來說，我相信落差可能會更大。這個問題需要雙向而行，一方面我們需要透過各種社會機制讓我們的閱讀更紮實，讓我們的閱讀風氣更普及，我覺得這是做得到的；另一方面，這些現實還沒形成的時候，我覺得作為創作者他自己要有鮮明的意識，他必須讓他自己創作的想像跟他創作的能量，盡量要超越和引領這個社會，而不是被這個社會所束縛。

蘇曼靈：我這次過來，發現台灣有相當高的詩歌風情，政府也大力支持寫詩。

羅智成：任何一個政府都應該鼓勵文學、支持文化。這不是風花雪月的雕蟲小技，而是關於人民的文化資源、文化權的問題。

蘇曼靈：台灣人熱愛詩歌是否因為詩歌便於創作也較容易讀？

羅智成：容易創作或容易讀，並不表示一定就具有社會基礎。容易的事情也不見得就是大家喜歡的事情。

倒是我們可以分幾個方面來解讀詩要被接受的可能原因。當前是一個媒體大爆炸、大膨脹的時代，各樣的媒體、各式的內容，讓每個讀者有太多的選擇。這樣多元的媒體跟大量的視聽作品裏，比較容易被替代的會是哪些東西？以我來說，最不能替代的可能是專注於深層溝通的詩。相反地，被大量需求而導致大量生產的素材，被替代性就會比較高。在早期，詩是相對冷門的文學形式，我也不覺得詩現在有多受歡迎，它

只是相對於過去的環境更被理解、更容易被接觸到。這幾年台灣的詩集銷售上比較好，出版也非常熱鬧，台灣有很多詩的網站，還蠻熱烈的。但這都是相對上變好。我相信在絕對的數字上，它還是非常不能跟其他的文學藝術形式來比較。

至於哪些事情會促成詩歌閱讀和寫作的普及，我想，第一個還是與教育有關，在台灣早年的國文教育裏，對現代詩並沒有足夠的篇幅介紹，而現在它已經變成制式語文教育必備的內容了，所以，年輕人對詩是不會陌生的。第二個是跟年輕人的需求有關，就是年輕人在創作或在網路上自我表現的時候，他們可能會去尋求某種簡短而迅速讓人家印象深刻的風格化語言，而詩在這個部分是具有較大優勢的。第三個可能就是，青春期的人是最易感或最容易被觸動的族群。他們清楚地意識到自己的苦悶、空虛與夢想，渴望深層的溝通或共鳴。另外，詩歌的寫作與閱讀是需要創意、需要想像力，特別在抵抗慣性思維與表現上，接觸詩歌是一種很好的訓練。在強調獨立思考、創意思維或文化創意產業的此刻，讓年輕人透過詩的體驗來進行創意跟想像力的訓練，其實是有深遠影響的。

詩是一種非常害羞的文學形式

蘇曼靈：詩集在香港的銷量並不理想，台灣則相反。詩人除了

努力創作，還該去經營「出版」以及形象造勢嗎？

羅智成：作者的工作就是寫作而已。出版社投入他們的資源來出版，行銷方面，主要的環節應該在於出版社，作者只是配合。至少在我的內心裏，我是不太能接受一個作者的作品並不好，但是透過積極的行銷方式而賣得多一點。也許這樣的方法固然有效，但也不會長久。不過每個作者的創作動機與期待都不一樣，生產與行銷的態度自然也會不同。

至於香港詩集銷量的問題，我並不熟悉，卻可以預期。我曾經說過，詩其實是一種非常害羞的文學形式，你沒有遇到對的人、對的場合跟對的心情，詩就無法去觸動別人。但是如果這三者俱備的時候，它就有出乎預期的感動別人的力量。前一陣子，我把這種說法擴大，在報紙上發表一篇文章叫〈理想的書店〉，認為以現在的閱讀潮流來說，不止是詩，所有的文學，甚至所有的書籍本身都像一種「害羞的媒體」，沒有對的場合、又沒有對的心情底下，大家都沒有看書的條件。許多人的印象裏，香港就是充滿成就焦慮、一心工作賺錢、無暇沉澱自己的這樣一個社會。閱讀的內、外在環境是大家要共同去經營的。

蘇曼靈：你是否會考慮銷量而設計詩歌語言及詩歌所表達的情感和內容風格？

羅智成：當然我也希望我的作品銷量不錯，但是我不會被這樣

的願望所束縛，當初我所以選擇創作，就是因為對於我來說，創作是這個社會上少數使我覺得主要考量只要滿足自己，而不用配合別人的心靈天地。如果我的創作不能在第一時間滿足我的需求，而必須先想到取悅別人的口味，那我就不會選擇它作為我的事業。

但是你也不是一味的閉門造車，你還是會根據你寫的每一種作品以及閱讀市場的回饋，來學習更多東西，因為你需要對話。比如，哪些東西比較容易觸動到哪些人，哪些是讀者希望從你的作品中獲得的，因為我的作品風格相對多元與多樣，所以可以有這種比較。比如說我寫的一部長詩《夢中情人》，一開始預想的讀者就是某種比較知性的、並不局限在華人文化圈的讀者，結果市場的回饋相對來說就比較冷淡。而一些比較感性的、容易觸動人的作品，就會得到比較熱烈的回饋。了解了自己的讀者之後，我試着不讓我的讀者失望，但是我也試着引領我的讀者。

蘇曼靈：你了解讀者希望從羅智成的詩集裏獲得甚麼嗎？或者，詩人本人希望讀者從自己的詩集裏獲得甚麼？

羅智成：我不能講得太肯定，因為這是一直在變動的。在創作早期，我的讀者並不多，但是我發現到他們有相當的黏着力，這讓我頗感訝異與好奇，也更加努力去了解他們在我的作品中期待的是甚麼。最初寫作時，幾乎不曾預期會有很多人來讀我的作品，所以那是一段漫

長而孤獨的創作旅程。一直到在美國念書的時候,我的學妹,她是曾在中學教書的,告訴我,她有很多學生在大量複印我的作品。我聽到後,第一個感覺就是:好像死後聽到我的墓碑前有人在竊竊私語。

學妹的話當然給我較大的鼓舞。至於哪些東西吸引了這些年輕人?我自己歸納出幾點:第一個應該是溫暖、私密的語法,造成不可替代的深層溝通的氛圍;再來,應該是分享着某種共通的情懷,包括孤獨、疏離、困惑與牽掛;再來,應該是讓人迅速脫離枯燥和繁瑣的現實生活、巨量的知識、狂野的想像與戲劇化的場景,以及一步一步靠向未知的心靈深處的神秘吧!後來,我面對一些在學校教書的友人,也會回饋說,年輕的讀者會比較喜歡哪些作品,以及怎樣討論它。這些都印證了我的推想。有趣的是,當我出版《夢中書房》這本相對來說在語言表現上沒有那麼孤僻、高冷的詩集,得到比較大的回應的時候,我同時聽到的是,最早一批喜歡我的詩作的讀者,對這樣的改變表達了失望。

我有一個在大學教書的友人,在跟他學生的對話裏,提到這樣的話:以前羅智成的作品像是一個勇敢的探險隊船長,現在羅智成的作品像是一個親切的導遊。船長是帶頭勇敢地往前走的,導遊是對讀者更友善的,更願意去解釋的。對於這樣的回饋,我完全理

解。不過這是另外一個問題，而且我現在的冒險不在於文字上的，而是在心智，跟想像力，跟思考能力，跟詩還可以處理哪些主題或功能。我認為所有詩創作的嘗試都在添加詩更多的意義與價值。我相信我的讀者漸漸也能理解這樣的狀況。

蘇曼靈：讀者與作者的相遇，作者與作品的相遇，是否均需要時機的契合？

羅智成：我創作的歷史很早，我出書到現在已經好幾十年了。我一直是非常珍惜跟尊敬我的讀者，特別是在早年創作，因為他們是先於評論家先於教科書喜歡我的，這是很特別的情緣。後來也陸續有些人提過，羅智成的讀者群是非常聰明的，他們列舉了一些人物，裏面有很多都是各界名人，這些名人對很多事情都是很挑剔的，可是他們非常願意說喜歡我的作品，這也加深了我對我的讀者的敬意。我覺得我是極少數非常珍惜讀者的人，尤其他們並不是那麼多。但是就像我講的，「語言就像新娘的面紗」一樣，透過語言，我的作品在尋找我的讀者，尤其我早期的作品，它們的門檻是比較高的，所以真正進來會變成我的讀者的人，我打從心裏相信他們都很厲害。

把詩歌神聖化，是創作者自己的渴望

蘇曼靈：世俗和平庸在今天亘古未有地強大，詩歌是否成為一

種以「在日常生活中行動」的方式而存在的文字？你認為這樣的存在還具有詩歌的「神」性嗎？

羅智成：首先詩歌就從來沒有神性過。有詩人把詩歌神聖化，是創作者自己的渴望。當然，整體來說，在文學史上，文學跟藝術創作者獲得較高位置的時刻，我覺得是在特定的時代裏。其中一個時代就是進入十九世紀下半葉的現代主義。現代主義者為了對抗庸俗保守的資產階級文化，不停地賦予自己更高的使命跟更高的道德期許，而且拒絕去取悅資產階級的文化消費者；另外，在中國的唐朝，科舉舉仕，那可能是人類有史以來對詩最尊敬的一個朝代，但是這個尊敬是來自於朝廷或者是政府，它願意用最高的榮譽與崇高的職務來期待詩文創作很好的文人貢獻更多的才智。

作為一個詩歌創作者，賦予詩歌重要的位置是可以理解的。包括早期的李賀，他說過「筆補造化天無功」，但是在現實生活裏，詩只有在打動人的時候，它的位置才高。讀者為甚麼會被打動，就要看你的作品是怎樣獲得那個時代的人的共鳴，或者代表了那個時代的某種時代精神。不過現在時代的確不同了，因為網絡興起的關係，因為每個人的自我變大的關係，所以所謂的「平庸化」是這個時代裏最大的一股浪潮。這個「平庸化」和民主政治以及市場經濟結合，被賦予了最華麗的形式跟最有效的媒體工具。平庸化跟商業化結

合，就凌駕了真正文學藝術的影響，讓原本的文學藝術創作淪為一種需要被保護的「手工藝」。這到底是一個趨勢還是一個一時之間的浪潮，我也在高度地關注當中，因為我看到的是，這種平庸化的娛樂美學，當它伴隨着影視工業的實現力與完成度，與那些無與倫比的音樂、燈光、科幻、特效等等東西相伴時，這個力量是很強大的，甚至客觀來說在某些部分超過了自以為最有創意的文學藝術工作者，因為他們是用組織的力量，公司或者是製作團隊的力量，相對以個人力量為主的所有的文學藝術創作行為，以個人力量為主的，面對這種高度精密分工的視聽產業，顯得非常單薄。但是我覺得，危機同時是一個轉機，問題是，我覺得有很多的文學藝術工作者他自己還沒有意識到這個部分。如果意識到的話，他也許就會急着尋找出屬於他自己不可被替代的價值。我覺得這也就是新一代的文學藝術工作者要面對的情境，你所訴求的這些讀者或者閱聽人，他作為一個感知主體，正快速地被寵壞，快速地被改變，快速地被麻木，快速地被同質化，也快速地感到滿足，而覺得不需要其他的東西，作為一個個體的創作者的文學藝術工作者，你的位置到底在哪裏，這就是下一個時代我們要面對的最大的挑戰。

蘇曼靈：新詩越來越口語化，這種日常化會否使得詩歌過於通

俗？我們如何界定詩歌的「日常語言」、「作品語言」、
「精神語言」對一首詩歌的影響？

羅智成：口語是一個很含糊的概念。胡適的詩是不是最口語
的？在早年的時候，他的詩很強調口語，後來就不見
得。在白話詩的書寫裏，本來就有些派別是比較口語
的，有些派別是比較書寫的。書寫跟口語的白話有點
小小的差別，書寫的會比較重視語法，那種語法是在
日常生活裏你用不到的語言表達，這種表達方式是適
用於閱讀跟書寫的口語，會比較精緻、複雜一點；另
外一種口語是真正的在日常生活中使用的口語，其實
每個時代裏都有一些人，他想用日常生活式的口語來
書寫。我個人的話，我的口語是比較書寫式的口語，
但是，有些人想要用言談的口語來寫作，那也是可以
的。從某種角度來說，方言書寫就得更口語化，它大
部分都不是活用於書寫之中，而是存在於日常對話中。

要用更多的理性才能有效處理感性

蘇曼靈：一般而言，寫詩比寫小說或其他任何一種文體更加需
要感性。作為一名寫作者，你認為自己的性情與創
作，理性偏多還是感性偏多？

羅智成：詩處理的很多題材或內容趨於感性沒有錯，因為它有
抒情的本質。但也由於它要處理的是感性的東西，所
以要用到更多的理性才能有效來處理感性。我們常說

詩歌常常要表現比較曖昧的感受，或是意識邊緣的東西，或是我們在日常生活比較陌生的思維，或者是可以清楚地意識到的那一塊部分，或者不容易講清楚感受的每個時刻，我們都需要更多的、清晰的理性才有能力把它掌握到。

就像維根斯坦說過的，有些東西你之所以講不清楚，並不是因為它厲害到講不清楚，而是因為你還沒把它想清楚。在出版第一本詩集的時候，我就強烈地感覺到，把感性和理性視為不相容的元素是不可思議的一件事情，一個人應該可以同時擁有最強的理性跟最強的感性，也就是說：感性並不是理性的闕如，理性也不是感性的闕如。只是在一般人的直覺裏，都會覺得，這兩個東西是相互排斥、抵消的，所以我希望做一個最感性又最理性的詩歌創作者。

蘇曼靈：大學時期，你主修哲學，哲學要求邏輯與思維清晰嚴謹，詩歌的語言和思維方式與哲學存在很大的差異性。你的詩歌處處可見哲學思想與用語，既要融入哲思，又要使得語理清晰，詩句看上去很乾淨，整個創作的過程會否使得內容失去詩歌的活力、情感、意境？

羅智成：應該這樣說，詩的能量來自於很多地方，來自於它的想像，來自於它的感性，來自於它的創意，也來自於它的哲思，具有各式各樣的可能性。我們在書寫詩作的時候，也有不同的目的跟不同的期待。有些時候

我們寫東西只是為了要去捕捉那一瞬間的感想或者感動。但有時候我們渴望的是有效傳達某種態度與觀點。所以詩的任務是非常多元和複雜的,甚至每一次都不一樣。因此,作為一個創作者,不能指望拘泥於一種態度或者一種專長,就想要滿足所有不同詩歌的任務。

以我來說,受哲學訓練也好,受文字表達訓練也好,作為一個敏銳的觀測者也好,其實在不同的時候,或者不同作品的不同任務裏,我們召喚出來的東西,都是不一樣的。有時候我們會召喚出純粹的直覺跟感性,甚至是一種反邏輯的態度;有些時候我們召喚出來的是一種深思熟慮的生活態度。更多時候,我們需要完成一種能調和相互矛盾的目標的作品,那時又牽涉到各種取捨與複雜的比例問題。本來,藝術創作,就是企圖去摸索出最完美的美學與價值比例,達到觸動人心的結果。

文學是否該介入政治

蘇曼靈:不同時代、不同國家的詩人,均會寫詩歌讚美或對抗一個政權的優劣,你認為現代詩歌對這個時代還具有政治影響力嗎?

羅智成:我在《聯合報》裏曾對這個問題談得很詳細,下文是內容:

〈文學是否該介入政治〉

許多人問過我這樣的問題。

但，我覺得文學本身沒有該不該介入政治的問題。它只是一個書寫、表達、論述或表現的工具，至於作為作者的你，要拿它來做甚麼是你的選擇。

文學本質的討論是實然問題，作品應不應該如何是價值判斷，是應然問題。文學藝術創作上的價值判斷，和倫理或法律上的價值判斷有着本質上的不同，它呈現主觀的差異性，沒有強制性。

任何人在文學藝術上的主張都不能強加於別人，你不能強迫別人去寫（去看）你想要的作品、主張這個道德或那個價值的作品、介入政治或不介入政治的作品。在這個範疇裏，你的主張只能靠自己的創作或理論來實踐或推動，就像其他作者也在用自己的創作或理論來表達他們的主張一樣。

你當然可以批評。說：「為甚麼你的理髮店沒有我要的耕耘機？為甚麼你表達困惑跟猶豫的作品裏沒有我要的憤怒跟傷心？」但你無法阻止他照自己的想法寫作。

至於政治，本身就十分複雜，在不同國家、社會與文化裏，也有極為不同的意義。在有些地方，政治是你死我活的鬥爭，是國族認同、宗教信仰的角力；有些地方，是生存發展、人道人權、大是大

147

非的議題；有些成熟的民主社會裏，政治已上軌道，也有許多管道來表達、行使個人意見，政治在人民生活中的強度和影響力相對小很多。而抱持新馬觀點的論者，覺得人類在日常生活中的言談舉止，多少帶有政治意涵，或無一不可用政治概念解釋。

我當然也有自己的政治態度，也感慨於我們的公共論壇總是在討論 2 位數以下的加減法，甚至認為此時此刻的我們應該關心政治、提高政治素養，不宜只是潔癖式地標榜我們對政治的疏離、無力與無知；但通常我會用其他方式去表達、參與。一方面，我在文學創作中有太多的探索還沒有完成，還來不及拿它來談政治，除非跟人性或文化有關係；一方面，在創作初始，我在營造自我的「作者想像」時，就賦與他較為易感、較為疏離、或更具個人風格、內省特質的定位；另一方面，我所預設的讀者（我的「讀者想像」？）在我的作品中所期待的，無論那種主題，往往是一種更為人性、更為根本、甚至超越偏狹政治的觀點。

我自己作為讀者的更多時候，常被政治書寫中某些關乎人性的深刻思維所感動，像很好看的勒卡雷的間諜小說；也偶爾會被某些過度簡化、過度亢奮的作品，弄得有些不知所措。

再一方面，當代華人的政治環境太複雜了，我們是一個受過傷的民族，在許多時候，我們書寫政治不是為了客觀的是非，而是尋求看似客觀的表態——對於我們過去的光榮與委屈你夠不夠自豪、夠不夠同情，總是在字裏行間一再被檢視，一再被期待。我一直認為「客觀心智」是國民現代化的重要指標，但是我所目見的，是一個非常「自族中心」的社會，難以對話，或討論敏感議題的社會。

在文學創作中，我最珍惜的是自由自在的書寫；最警覺的是，為了精確表現與傳達，你必須堅持誠實——不是為了道德而誠實，而是為了自我意識、為了不自欺而誠實。一旦介入政治主題，你就得籌備好你談論政治的正當性，籌備好某種「自己人」的身分或證據；在文學創作上，我沒有意願去成為任何人或任何團體的「自己人」，因為它會剝奪掉我在文字間逍遙悠游的許多樂趣。

但是即使如此，有些人，包括我自己，還是會在我的作品中找到政治的蛛絲馬跡。最多最多，我只能說：在我的創作過程中，政治始終不是我的主要創作動機。

中港台詩歌風潮

蘇曼靈：請就台灣、香港、中國大陸的詩歌風潮與現象做一個

簡單的評價與對比。

羅智成： 這是一個我不太有能力回答的問題，因為對於大陸和香港文壇所知有限。但是，我自己的一個感覺是，在台灣來說，詩歌（無論是古典詩詞或現代詩歌）已經是比較普及的文學書寫工具了。對大部分人來說，詩不是多了不起的一個新興的表達形式，它比較像一種風格化的語言，很多年輕人可以拿它來做各種自我表現，流行歌手也習慣於用詩化的語言寫歌詞，甚至在廣告裏也有許多詩的元素。在台灣，詩已經是一個廣為熟悉的、算是體制內的書寫主流工具了。所以我現在會問的是，這樣一個熟悉、充滿無限可能的書寫工具，可以拿來做甚麼更大的好玩的事情？

中國大陸的詩人，感覺上有體制內、體制外的區別。一些體制外的優秀詩人，我覺得比較像台灣早期的詩人，那時候的現代詩歌還是某個整體的生活態度或自我定位的顯現，所以，詩歌常跟某些更前衛的觀點、更戲劇化的表達或者更疏離世俗的態度保持着比較密切的關係。在那個時期，當你決定用詩歌來表達自我的時候，就已經決定了你是個甚麼樣的作者了：抗議者、質疑者或某種美學觀念的先行者，或者就是一個特立獨行的人。台灣六十年代的詩歌因此帶有一種新的、不被認可的、體制外文學的激情跟探險的勇氣，所以感覺上會具備比較鮮明的生活態度跟世界觀。

至於香港的詩歌，我覺得香港的問題是，文學人口跟詩歌人口一直是少數中的少數，非常弱勢。它其實像一個特殊的邊緣社群一樣，所以要影響這個社會，可能還有一段路要走。我最近注意到一些年輕詩人的作品，他們對於詩的想像，在語言方面來說，跟台灣比較接近，在觀念或書寫定位上，和大陸比較接近。台灣對詩的想像就差不多比較定型了，詩在台灣，可以說它已被大家認可，也可以說它被馴化了。

真真假假側身其中

蘇曼靈：你寫過很多情詩，你對異性有怎樣的看法？

羅智成：作為男性來說，我的異性當然就是指「女性」，在我們成長的過程裏，從母親開始，到後來認識的戀人，甚至到後來的女兒等等，你還是會有相當多的不同層面的體悟跟體驗。我必須說，在我的整個成長過程之中，其實我一直深刻感覺到女性或者是母性力量的強大、無限可能與不可思議，美麗與堅強、純潔與世故、直覺的智慧勝過長篇大論的推理……在某些角度上，我已確定女性應該是更為進化的物種。

從歷史早期，西方世界就是一個睪酮素較發達的文明，強調進取、掠奪、佔有、開創等等。近代以後有很長一段時間，在西方文化凌駕東方文化的時候，他們便以「東方主義」來認知、對待東方文明，其中包括

把東方文明女性化，從那時候起，東方從某個角度來說就被女性化、對象化了。不過，現在，當東方文明快速興起的同時，你也可以發現到，女性元素被對象化、污名化、弱勢化，其實很可能是在人類文明演化過程裏，男性恐懼女性而想對她進行駕馭與壓抑的一種做法。如今這種現象大致煙消雲散了。在更早的時候，許多男性同時就已經感覺到女性素質某種令人震懾的力量，從智慧上的、忍耐力上的、意志力上的、生存與學習能力上的各方面，都令人肅然起敬。所以我很早就注意到，在許多領域，尤其在文化、文學領域裏，女性的作者與讀者是佔多數的，在文學創作或者藝術領域裏，女性素質其最重要的一個元素，即使男性創作者也大量具備。在這個時代，其實大家直接、間接被鼓勵的，都是在發掘自己內心裏的女性元素。人類社會裏，也是在努力發掘、開發女性元素對這個社會更大的貢獻。我覺得在未來，整個文明體系裏，女生會是更具優勢的族群。

蘇曼靈：你會把真實的自我代入作品中嗎？

羅智成：真的說起來，我覺得寫詩最有趣的也就在這個地方。如果你要表達自己而不把真實的自己放在作品裏，我就覺得那是做白工，也是一種虛偽。但是你如果把自己放進去而不為自家保護，那又是一種冒險，太一廂情願、太感傷主義的做法。寫詩最迷人的地方是，你

會把真實的自我帶在裏面，但是讓它真真假假側身其中，一方面隱藏了自己，一方面表達了自己，這是我覺得寫詩自始至終最令我着迷的地方。

蘇曼靈：大多數人越是成熟，感性部分會趨向鈍化，詩人是否需要一生維持少年的激情？

羅智成：我覺得以人類不同的年齡階段來做靈魂上的分齡區隔並不是正確的。以我個人而言，我從沒有感覺到感性部分的稀薄或鈍化，但是可能有更多控制或調節它的方法。

社會或文化會給不同年齡的人不同的暗示。任何一個人，只要他忠於自己，他都能擺脫掉這些暗示，忠實地感受自己的感受就好了。如果刻板印象中我們覺得少年就代表着浪漫、易感，代表着有能量去衝刺、冒險或感受，那我覺得此刻的我一點都不缺乏。人們把這些比較好的心靈元素歸諸於少年時期是有點可惜的。在人類的每個年齡層中，如果他都保有一個「少年」不是更好嗎？

蘇曼靈：二十一世紀的今天，詩歌詩人隨處可見，優秀的詩人層出不窮，你認為讀者為甚麼還要讀你的詩？你的詩有甚麼優勢與魅力？

羅智成：憑甚麼認為讀者應該繼續讀我的詩？那是任何一個創作者不得不具備的自信。

創作者在歷史上地位不見得很高，一直到十九世紀下

半葉，有些藝術家的角色跟某種先知的角色在現代主義的某個階段變得十分近似，產生大量的主張或宣言。我覺得真正的創作能量來自於渴望分享，當你看到了甚麼新的、特別的東西，或者你率先體會或感覺到甚麼東西，甚至是率先想到甚麼樣的表達、甚麼樣的insight或「洞見」，其實很多人的第一個念頭就是分享。

我曾經創作過一個作品，想像着古代先知的畫面：有一天傍晚，當他走到一片非常廣闊的草原上，抬頭看到一片幾千里長的、充滿各種燦爛繽紛、五彩光色的晚霞時，這個人的第一個反應是甚麼？如果是我的話，我的第一個反應會是回頭看看有沒有熟悉的人在旁邊，然後大聲說：「哎，你們快來看，這真是一幅絕世美景。」這就是下意識裏，想要分享的衝動。我覺得這也是我作為一個文藝工作者最原始的能量，就是：你們大家快來看！

結束語

蘇曼靈：他常說自己「大腦過動」。我感覺羅智成成熟中帶着童趣，凝練中帶着浪漫，感性而不失理性，迷戀一切神秘，為了保護內心的少年，在自建的城堡裏，把自己的真實內在與外界隔絕，形成神秘色彩。

從詩人的詩集，我看到很多意象或規格鉅大的詞語，

比如「時間」、「人類文明」、「遠古」、「冰河時期」等等，詩人還喜歡用一些誇張的量詞，以及獨特的語法，一邊發揮想像力，一邊思考宇宙萬物的存在，還一邊觀察生活與人文、情感與理智，因此形成個人深邃、神秘、多元的詩歌風格。

* 訪問時間：2019 年 4 月 12 日。

附：羅智成詩作

〈在剛上漆的鑄鐵路燈下道別〉

美麗的眼睛

都必須牽動着人類的痛覺嗎

我這麼近地望着妳

像麋鹿靠近教牠喪命的湖泊

我這麼近地思索着妳

像盲眼的燈塔探測一個即將淹沒它的風暴

又這麼近地想念妳

像一塊堅實的墓碑斜靠着易朽的肉體

〈透明鳥〉

25

信仰透明鳥

訛傳大自然種種信息

是文明最初期的形式

世界是一本以實形符號書寫的書

我們不認得它和它的語法

卻必須把它翻譯出來

現在

我們換一種破譯的方式

在內心搭起天人對話的祭壇

我們的言談　我們的步履

我們的鼾聲　叨絮與爭執

變得　柔軟　輕盈

現在

我們的靈魂帶有羽翼

抵抗孤獨——于堅專訪

　　于堅，生於雲南昆明，祖籍四川資陽。二十歲開始寫作，持續近四十年。1986年與同仁共創辦地下文學刊物《他們》。著有詩集、文集四十餘種、攝影集一種，紀錄片四部。曾獲台灣《聯合報》第十四屆新詩獎、台灣《創世紀》詩雜誌四十年詩歌獎、魯迅文學獎、朱自清散文獎、百花散文獎、第十五屆華語文學傳媒大獎年度傑出作家獎、德語版詩選集《零檔案》獲德國亞非拉文學作品推廣協會主辦的「感受世界」亞非拉優秀文學作品評選第一名、美國國家地理雜誌全球攝影大賽華夏典藏金框獎。紀錄片《碧色車站》入圍阿姆斯特國際紀錄片銀狼獎單元（2004）。英語版詩集《便條集》入圍美國 BTBA 最佳圖書翻譯獎（2011）及美國北卡羅納州文學獎（2012），法語版長詩《小鎮》入圍 2016 年法國「發現者」詩歌獎。

詩是一種勾引

蘇曼靈：請詩人談談自己的詩觀。

于　堅：詩觀不是一句話可以說清楚的東西，因為它不是一個確定的概念。一個人寫詩的過程也是一個人對詩是甚麼的不斷深入認識的過程；人生不同階段對詩的認識和理解不同。但是無論甚麼階段，我關於詩的說法的背後，總是有一種無法言說的對詩的確定的理解，非常矛盾。一方面，我可以說出我對詩的種種領悟；另一方面，我感覺到「詩」又是無法言說的。詩是一種勾引，是一種通過語言對靈魂的勾引、召喚。如果一首詩不能打動讀者，不能召喚他，不能勾引他，那麼，寫詩就是在玩語言遊戲。詩當然是一種語言遊戲，就像非洲部落古老的祭祀活動，它也是一種遊戲，但是在這個遊戲裏面，人會進入通靈狀態。《詩大序》說：「詩者，志之所之也。在心為志，發言為詩。情動於中而形於言。言之不足，故嗟歎之。嗟歎之不足，故永歌之。永歌之不足，不知手之舞之，足之蹈之也……故正得失、動天地、感鬼神莫近於詩。先王以是經夫婦，成孝敬，厚人倫，美教化，移風俗。」講的就是詩的勾魂狀態及現象。古今詩人都在詮釋「詩是甚麼」。正得失、動天地、感鬼神就是勾引。正得失，並不是是非，得失都是誠意的結果。詩的勾引是亙古不變的。這是一種人類最古老的巫術，最原始的巫術。今

天，我們置身於技術全面控制的時代，任何事物都可以習而得知，唯獨詩，這種最古老的東西，不能被技術所收編。這就是為何我一直在寫詩，詩總是能勾引我，令我有存在感，詩永遠有一種吸引我誘惑我的魅力。「詩是一種勾引」，首先是對我個人的勾引，我被它勾引了一生。

蘇曼靈：談談語言對詩歌創作的影響？

于　堅：詩就是語言的居停，其魅力存在語言中。詩通過語言的「有」，來表達語言永遠無法說出的「無」。詩置身於語言，在語言的創造中有無相生，勾引、逗留、持存着靈光。一個詩人的工作，第一是語言，第二是語言，第三還是語言。至於那種情緒與意義都是語言所生發的東西。孔子說，詩言志。這個志不是意思、概念、意義，而是一種持存詩性的意志力、誠意、魅力。詩是先驗的，黑暗裏面等待着語言的召喚。語言出現，詩才能夠被召喚。「志」的另一個意思是記錄。詩是通過語言被記錄下來的不可言說者。語言不是工具，語言就是「存在」本身。所以我贊成維特根斯坦所說，我的語言就是我的世界的邊界。

蘇曼靈：談談你對方言寫作的看法？

于　堅：方言是語言的根基。語言是從方言裏慢慢生長出來的，語言也被公共語言吸收或消耗着，成為陳詞濫調。而詩持存着最本真語言，詩抵抗着陳詞濫調，陳

詞濫調就是不誠，遮蔽着人的存在。漢語最了不起的地方是，一方面通過漢字把各種不同地方的方言區團結起來，把昆明人團結起來，把香港人團結起來，把台灣人團結起來。另一方面，大家又在方言中各説各話，保持着口音不可溝通的神秘性。我們説的昆明話，香港人説的粵語，我們彼此聽不懂，但是可以在漢字的旗幟下團結起來。漢字本身也不是固化的東西，方言不斷為漢字催化新的組合，提供新鮮的活力。字是不會變的，五千年來古今通用，一個漢字有無邊無際的組合方式，總是在激發創造力。母語就是方言，沒有人是出生於普通話裏的，所有人都出生在方言裏，即便是那些用普通話説話的人也出生在方言裏，只不過他們的方言比較弱而已。母親就是方言。我在昆明説昆明話，昆明話會影響到我寫作的思維方式，組詞構詞擇詞的風格。表面上看一個漢字大家都會唸，只要會漢語都可以用普通話唸出來，但是這個漢字內在積澱不是普通話，普通話才出現幾十年嘛。即使今天我常常講普通話，方言也潛藏在我的潛意識裏，經常有人會在我的散文和詩裏看出方言對我的影響，這讓我感到驚奇。我並非故意去用方言，我是比較自然的，怎麼説得通順就怎麼説。但我潛意識地會用方言去思考、組詞。比如昆明話經常會説「好在」，意思對某個空間、地點、在場、氛圍的感覺如何。有

時候會出現在我的作品裏，順手就出來了，但有些普通話的編輯看到「好在」出現，他們不懂是甚麼意思。

蘇曼靈：你剛剛説，方言是你潛意識裏的思維習慣，在寫作時文字會出現方言的語言形式和地方文化的色彩，你有沒有考慮過讀者的感受和理解？

于　堅：我是方言和普通話混合思考。一個詩人在寫作時，不能夠考慮讀者的感受和理解。詩人首先要考慮的是，你怎麼把你的感覺表達清楚，語言寫到位。讀者是否接受是次要的問題。不考慮讀者並非無視讀者，而是「考慮讀者」這件事，事先在我的生命經驗裏已經完成，它不該是在寫作的時候才考慮的事情，而是在寫作之前，你和這個世界的關係，本身就是一種與讀者的關係。如果你本身在人生裏就是孤立的，所謂孤家寡人，那麼你的作品呈現給讀者也就是孤家寡人。如果你是熱愛生命的，即便你表達的形式有一些讀者所不能接受的東西，相信讀者也能感受到這種特殊的形式後面所呈現出來的力量。所以，我不擔心與讀者在這方面會有甚麼隔閡。

蘇曼靈：也就是説，如果要考慮讀者的話，作品就受到局限？

于　堅：如果考慮讀者，寫出來的作品就不是「存在」本身了，就把語言變為了工具。

詩人的寺廟是語言而我在廢墟中寫作

蘇曼靈：目前，中國的經濟發展掀起了詩歌熱。請問，當代新詩發展的出路如何？新詩的未來將會有何突破？

于　堅：你問的這個問題我不知道，無論時代如何變遷，如何改朝換代，詩與人永遠要生育要傳宗接代。仁者人也，不仁就不是人。所以不必擔心仁會消失。這不是詩人應該關心的問題。無論時代是否關心詩，詩人都要寫。寫作是我生命的一種存在方式。如果我不寫作，我就沒有存在感。無論世界怎麼變，社會怎麼變，經濟如何，熱也好冷也好，詩是我生命的存在方式。我開始寫詩是文革時期，文革時期一首詩都不能發表，我當時也從來沒有想過要發表。寫詩這件事本身有一種強大的魅力吸引着我，使我感覺到存在的意義，覺得沒有白白地活在這個世界。寫詩是一件好玩的事，不會因為時代對詩熱衷我就發瘋地寫，也不會因為時代冷落詩歌我就不寫。寫詩與時代沒有關係，寵辱不驚。

蘇曼靈：唐朝初期詩歌創作鼎盛。唐末，詩歌的語言及創作發展到極限。到宋朝，詩歌開始衰退，詞開始鼎盛。請問你，一個朝代的興衰是否影響文學創作？

于　堅：中國詩歌在唐朝發展到如此的登峰造極，宋朝稍微薄弱，但依然是很強大的，到明清，越來越衰落，但是一直到今天，居然還有人在寫詩，還有像于堅這樣的

人在寫詩，那就說明：寫詩不是一個時代的事情，就像「仁者人也」一樣。詩是人的事。仁就是一種詩意。詩意不是小資詩歌宣揚的風花雪月、才子佳人，而是一種超越性。仁是超越性，通過詩，這種超越性得以持存，所以中國講詩教。與詩歌本身的潮起潮落無關。除非人死了。寫詩就像是出家，就像巫師，今天巫師這個行業已完全衰落，他不像古代，巫師是非常熱門的職業。今天沒有人做這種事，但還是會有人選擇做這種事，因為「巫」本身是一種古老的魅力，只要天地存在，這種魅力就不會消失。這種魅力在人類開端就被意識到了，意識到天地間有這種偉大的魅力存在，人找到了轉移、持存這種魅力的語言，如果沒有這個東西在天地之間就不會有詩人。因為有這個東西，只要天地在世界在，這種魅力就不會消失，一代一代人總是會去延續這種魅力，皈依這種魅力，無論世界對詩人的關注是輝煌或冷落，這是天地之事，無論朝代怎樣，到今天，居然我還會與五千年前的第一個寫詩的人有同樣的靈感，這就夠了。無論任何朝代，即便是一本詩集都沒有，還會有人出來寫詩。因為這個魅力是存在於天地間的，它永遠在等待詩人的召喚。

蘇曼靈：城市喚起寫作者的記憶，一個城市的人文、風土人情、環境、建築風格直接影響創作者的思想。昆明這

個城市與我兒時的記憶已如天壤，到處大興土木，街貌城景煥然一新，在高速變遷的環境下，請問詩人如何守住創作情感不被洗劫？

于　堅：關於這個問題，能守住就能守住，能記住就能記住，而且我相信你必須是這個人，不是任何人想守住想記住就可以做到的。里爾克説：「有何勝利可言，挺住就是一切。」（《祭沃爾夫・卡爾克羅伊德伯爵》）但那也要看是誰在挺住。

蘇曼靈：你對新一代的詩人有何建議。

于　堅：我唯一的建議就是：如果你想寫就去寫；如果你覺得只有寫作，生命才有意義，就去寫。今天，在這個城市裏，三百六十行，沒有寫詩這一行。寫詩根本不是一件世俗的事情，它不可以掙錢，不可以令你的生活更實用。你選擇了寫作，就相當於選擇了出家。因為寫作是與神靈溝通的事，寫詩這件事不會為你帶來任何世俗的好處。表面上，著名的作者都活得很風光。實際上，那種風光是很勉強的，而且帶有施捨性。好比僧侶靠化緣而存活一般，他們要靠這個時代的人精神上的渴望，精神上的恐懼與自卑而得到化緣，只不過詩人沒有可以依賴的正式的合法的廟宇，沒有可以穿着去化緣的袈裟，他們是在野的僧侶。詩人的寺廟是語言，是他個人所建。宗教的寺廟是合法的，有被世人認可的宗教體系在後面支撐，而詩人的寺廟只是

靠詩人的語言來「詩可群」。群，或許可以得到一點化緣。

蘇曼靈：這樣聽起來有些可悲。

于　堅：我從來沒有靠寫詩得到過甚麼生活的好處，詩人必須要有一份可以養活自己的正式的工作。

蘇曼靈：你正式的工作是甚麼？

于　堅：我當了十年工人，三十年的編輯，現在雲南師範大學教書。這些工作養活了我，令我可以樸素而有尊嚴地寫作，心無旁鶩。

蘇曼靈：城市改造令城市失去了歷史與人文，新建築都是冷冰冰的感覺。你認為城市改造對一個詩人有沒有影響？對詩人的創作靈感有沒有影響？

于　堅：今天的城市改造就是創造廢墟。這是一個廢墟時代，我一直在廢墟中寫作。文革是廢墟，拆遷是廢墟。廢墟恰恰是寫作的開端。禮失而求諸野，野就是廢墟。既然古人可以在荒野上創造出《詩經》，為甚麼我們不能在廢墟中開始寫作？城市改造把我的故鄉拆毀了，故鄉已經成為廢墟，廢墟令我的記憶變得更為強大。可能我的記憶在沒有拆除的環境下是麻木不仁的，你一直以為故鄉就是地久天長。在這種巨大的拆遷裏，灰塵滾滾的環境中，過去時代的故鄉記憶，就從平庸裏昇華起來，變成一種個人的黃金時代，反而更強力地刺激了我寫作上的想像力。我現在的寫作都是一

種對記憶、對經驗的處理。無論是普魯斯特或是喬伊斯，他們都是在處理記憶。只是看你的回憶的觸角能夠深入到多遠多麼黑暗的地方。

香港詩歌沒有殖民地的感覺

蘇曼靈：請談談香港的詩歌創作，並例舉幾位你熟悉的香港詩人，論其作品、其表達手法及語言。

于　堅：我和香港的詩歌聯繫太早了。79年，我的一個朋友就把我的一首詩〈新唐吉珂德之歌〉帶到香港，那時我在大陸還不能發表作品，寫詩是地下活動。那時剛剛粉碎四人幫，許多東西還不能寫。那首詩被朋友帶到香港，好像在香港的《觀察家雜誌》發表。朋友說是發表了，但是我不知道有沒有發表。後來陳德錦辦的《新穗詩刊》也轉載了我在大陸地下刊物發表的詩，後來又認識了香港詩人也斯。如果79年〈新唐吉珂德之歌〉果真發表在《觀察家雜誌》，那就是我寫詩以來的第一次公開發表。我96年在荷蘭萊頓大學參加一個中國當代詩歌研討會，也斯也出席，後來在香港也見過他，是他去世之前的事。我認為也斯的詩寫得非常好，他不僅僅是一個香港的地方詩人，他是一個很優秀的漢語詩人。也斯逝世後，我寫過一篇文章悼念他。秀實是最近認識的香港詩人，他有非常深厚的哲學底蘊，他的詩集我看過，我覺得寫得比較樸素。香港詩人的

詩，我覺得沒有那種殖民地的感覺，他們可以迴避這個，我倒覺得他們應該把這種感覺寫出來。香港的詩好像都不存在這種感覺。詩的普遍性很重要，但是地方性知識是詩的根系。

蘇曼靈：請問，你所說的「殖民地的感覺」應該有怎樣的內容及含義？

于　堅：我覺得香港的詩應該是與高樓大廈、電車、銀行呀甚麼的發生關係，就是說，詩人應該可以處理他置身其中的那個世界的題材。我有一首詩叫〈在香港讀詩〉（按：詩見本文後）。在香港，我曾經去過一間法國人的書店，店名「句號」。書店在中環一帶，賣法語版的書。因為我的詩集在法國出版，所以「句號書店」也有賣我的法語版詩集。翻譯我書的朋友帶我去這家書店做了一場詩歌朗誦，然後我就寫了〈在香港念詩〉。我發現香港詩人的鄉土中國的情結太強大。從他們的詩歌裏看出，他們不喜歡置身其中的那個世界。這方面我與香港詩人不同。我是一個存在主義者，我的詩歌裏既有昆明這個世界對我的感受，也有我去過的其他地方的感受。

蘇曼靈：你認為香港的詩人對自己的所在地沒有置身其中的感覺？

于　堅：香港詩人的鄉愁太厲害了，他們雖然住在香港，但是他們依然在懷念中國古典詩歌裏的傳統的語詞。也有

一些年輕的香港詩人寫得不錯，有現場感。但是我記不住他們的名字了。香港中文大學的朋友給過我一個年輕詩人的詩集，我覺得寫得蠻不錯，可惜我記不住她的名字了。

一種可怕的美已經誕生

蘇曼靈：人工智能時代即將來臨，你對「機器人寫詩」有何期許或評價？人工智能時代的降臨對文學的影響如何？

于　堅：最近，一部被命名「小冰」的機器人寫的詩集出版上市。微軟的設計者寄了些作品給我看，並告訴我「小冰」用一百個小時時間，「學習」自 1920 年代以來 519 位中國現代詩人的所有作品，並進行了多達十萬次反覆運算後完成的。

我的印象是，這部詩集提供了一本不好的詩的範例。冷酷、無心，修辭的空轉，東一句西一句隨意組合，意象缺乏內在邏輯，軟語浮詞，令人生厭的油腔滑調，原材料來自平庸之句。這個軟體對詩的理解是電視台詩歌朗誦會的水準。這個軟體設計不出靈性，設計不了「詩成泣鬼神」。

機器人還有一點無法模仿，就是語感。機器人好像是一種翻譯，它失去了來自詩人生命的語感。就像電腦設計的漢字，與手寫的漢字不同，沒有書寫者個人的手感。語感是現代詩的最重要的東西。現代詩不像古

詩由於韻律、字數的限制，詩人個人的語感被閹割，拘囿於格律。現代詩不是沒有韻律，它的韻律來自一種由私人生命的呼吸節奏產生的語感、口氣，就像筆上手後產生的來自作者身體運動導致的輕重緩急。某種藍調式的即興式的韻律，這是現代詩的魅力之一。現代詩是語言的解放，它也解放了人的個性。壞的詩都有某種機器人詩的風格，沒有靈性。保持靈性，是人最古老的事業，孔子教導，仁者人也，仁就是一種靈性，一種超越性。本雅明所謂的「靈光消逝」，其實自古以來就是人類最深刻的擔憂，人永遠害怕靈光消逝，被物奴役，重返物的黑暗。人總是要問「彼何人哉」，我是誰，我從哪裏來，我到何處去。

阿爾法圍棋與寫詩的機器人不同，阿爾法之所以無敵，是因為圍棋有邊界、數目、規則的限制，圍棋有靈性但主要靠機心，機器人抓住了這一點。但詩沒有，現代詩怎麼分行都行，只要能招魂，現代詩其實是一種偉大的後退，它使語言回到了原始的招魂時代。「情動於中而形於言。言之不足，故嗟歎之。嗟歎之不足，故永歌之。永歌之不足，不知手之舞之，足之蹈之也。」足之蹈之，諸神到場，將招魂過程中最有魅力的囈語記錄下來，以期再次「詩可群」，這就是文。《楚辭》就是這種東西，師法造化。詩是一種語言之祭。文明，以文照亮，後來律化，詩就開始規範拘

束了。在上世紀初，生命已經被陳詞濫調遮蔽、窒息了，所以新詩誕生。現代詩重返語言的荒野，詩要再次解放生命。

「小冰」詩集只是一個語言遊戲而已。我擔憂的只是此事後面的世界觀，一切都交給未來、技術。將最古老的詩祭也交給機器，你幾千年的祭祀有甚麼了不起？我一百個小時就可以搞定。

在老中國的世界裏，這些不是不會，而是不為。所謂非禮勿視，居敬，對天地神人懷着敬畏之心。「子貢……見一丈人方將為圃畦，鑿隧而入井，抱甕而出灌，搰搰然用力甚多而見功寡。子貢曰：『有械於此，一日浸百畦，用力甚寡而見功多，夫子不欲乎？』為圃者卬而視之曰：『奈何？』曰：『鑿木為機，後重前輕，挈水若抽，數如泆湯，其名為槔。』為圃者忿然作色而笑曰：『吾聞之吾師，有機械者必有機事，有機事者必有機心。機心存於胸中，則純白不備；純白不備，則神生不定；神生不定者，道之所不載也。吾非不知，羞而不為也。』」我曾經在西安的博物館看到秦人製作的工具，類似遊標卡尺的東西那時候就出現了，但後來消失了。中國文明不是落後，而是世界觀決定的，有所為有所不為。而不是像西方文明那樣無休無止地嘗試一切。非禮勿視，不是封閉，而是居敬。也許這個機心無所不在的世界最終有能力虛擬出上帝，李

白、杜甫、自己的母親、兄弟姐妹其實都可以虛擬出來，但是人的道、德性、禮、敬畏之心禁止這麼做。許多技術在遠古半途而廢，因為那時代的人們意識到無德的後果。德被重視，是先知對人的生存經驗的總結。沒有超越性的技術最終將令人失去道。德需要宗教式的居敬、慎獨、自我節制。技術無德、不仁，技術是無限的，技術比德更有誘惑力，它滿足慾望，慾望也是無限的。技術空前發達的人類今天死得還不夠嗎？從前的人死在鳥語花香的故鄉，今天的人死在塞滿醫療設備的醫院，臨終都不知道為何會死，鬱鬱而終。人生而向死而生，要如何去死，宗教回答這個問題，詩也是回答這個問題，但是技術不回答，它是徹底的玩世不恭的遊戲。人的未來不過是自己異化為機器人的奴隸。「小冰」其實是潘朵拉盒子裏的一員。這件事暴露的是佔有、量化、將一切都納入控制系統的野心。在這種野心後面，隨之而至的並非人的解放而是人的異化。我們現在不是已經被不斷地升級換代的手機天天驅趕嗎？今天，一個正常人如果不跟着蘋果公司升級換代，就意味着他或她不存在。

它們會成功嗎？這要看人類幾千年通過語言創造的文明史、經驗和記憶，深厚、強大、堅固到何種地步。那個有無相生、陰陽變易、晦暗不明、不確定的舊世界畢竟誕生過那樣具有魅力、靈光、令生命充滿意

義、美感的人生。詩持存着最後的神性，上帝死了，詩還在，詩比上帝更古老。如果詩也死了，仁者人也，那個局面不過是人不再是超越性的仁者，未來不過是重返物的黑暗狂歡。詩將只是發生在遙遠的黃金時代嗎？詩將死於我自己的時代嗎？機器人開始在古老的詩國寫詩，機器人開始在古老的棋盤上下棋。其實不是甚麼好消息，葉芝説：「一種可怕的美已經誕生。」最終人們將發現，它並不美。

蘇曼靈：請問一個好的詩人應該具備甚麼條件？婚姻或者經濟等與人生／生活相關的問題對詩歌創作有沒有影響？

于　堅：這個問題很難一概而論。詩人這種動物可以在任何地方冒出來，未必只會出現在大學、大城市或者甚麼黑塞小説裏寫的那種浪漫之地。上帝要把詩人這種子撒在甚麼地方是不知道的。一個最不可想像的地方都可能會有詩人存在。七十年代我在工廠當工人，每天頭頂飛着天車，旁邊電焊刺眼，似乎毫無詩意的地方，周圍都是鋼板、機床，我還不是寫詩了。不要把寫詩當作是飯碗，這很重要。所以，你要寫詩，你必須有其他的謀生方式。因為寫詩是精神活動，如果你的生計得不到保障，那麼你的詩寫不好也寫不長久，或者是，你的詩總是處於一種飢寒交迫的狀態裏面。我不同意憤怒出詩人，憤怒只能出憤怒的詩人，如果你總是處於飢寒交迫的狀態的話，那麼，你的語言也會飢

寒交迫。寫詩，嚴格地説，它是一種衣食無憂之後的
精神活動，它不是一種抗議工具，所以那些最了不起
的詩人，他們在基本的生活層面上是無需擔憂的，他
們面對的是其他的事情。無論是李白還是杜甫，他們
肯定不是百萬富翁，但是他們絕對不是窮人。七十年
代我剛開始寫詩的時候，我的工資只有十五塊錢，這
十五塊錢已經足夠我過着一種起碼的有尊嚴的生活，
我才能寫作。也就是説，詩人最基本的生活要保障，
而且是有尊嚴的生活，詩人才能夠寫出有尊嚴的詩。

詩是領導生命的

蘇曼靈：我在你的詩裏很少感覺得到孤獨的存在，你的詩很俏
　　　　皮，很幽默，熱愛生活，並富有哲理。

于　堅：孤獨不是世俗意義上的。我有很多朋友。我覺得這個
　　　　世界存在很多好玩的事，詩人的那種孤獨是面對語言
　　　　時的那種無助感，那種無能為力的感覺。寫作這件事
　　　　就像一個人駕着一艘小船在無邊無際的汪洋中航行，
　　　　那種感覺是無可替代的，也是不可幫助的。神靈高興
　　　　時或許施以幫助，他不高興你就好自為之。

　　　　我認為一個詩人在詩裏面説甚麼孤獨不孤獨是非常做
　　　　作的，但並不意味着這個作者不孤獨。孤獨這種情緒
　　　　只是在你寫作的過程當中獨自面對黑暗時才會發生，
　　　　但是不等於你要把這種發生直接寫出來。孤獨是不

可言說的。一個詩人，他的作品本身就呈現為一種孤獨，一種獨一無二。一方面他是勾魂，是抒情，是團結；另一方面，他又是獨一無二的，他是孤獨的。人生而孤獨，世界上不孤獨的人並不存在。所以孔子才講：仁者人也。人就是親，因為孤獨，親覺醒了，仁覺醒了。人從野獸無邊無際的孤獨裏面解放出來，群了。人發生了很多事情，語言音樂藝術等等，都是要抵抗孤獨。孤獨與孤獨之間必須要建立一個聯繫，要親。文明，意即以文照亮。文就是來建立這種聯繫的。人總是一次次回到孤獨又一次次被文明團結起來。黑暗時代，文明無光，人不親了，陷於孤獨，文沒有給出團結的意義，人總是通過文團結起來抵抗孤獨，人一旦沒有了文就重返黑暗中的孤獨，和野獸一樣。野獸是絕對孤獨的，野獸沒有抵抗孤獨的辦法。遠古時代的祭祀就是為了抵抗孤獨，人們團結起來加入一場祭祀。

蘇曼靈：你覺得你孤獨嗎？孤獨是詩人永恆的話題，請你談談你與孤獨之間的距離。

于　堅：寫作本身是孤獨的。但是寫作的結局，我認為是一種對孤獨的釋放。也就是孔子說的：詩可群。我們為甚麼要讀詩，就是因為人的生命中總感到孤獨，他需要藝術、詩歌、音樂把他團結到一種看不見的不是觸手可及的存在感中去。就是說，他把他團結到存在感

裏面。但是這個存在感不是那種可以握得住的東西，
通過詩獲得這種存在感，並非那種獲得一件實物的感
覺。當人加入到這種語言所產生的場景裏面的時候，
他的孤獨得到了釋放，他被詩所團結。所以我說詩是
領導生命的。詩是一種行動，這個行動就是對孤獨的
消解。在那種非常具有魅力的語言裏，讀者在感動中
被團結起來，好像獲得了神的赦免一樣，猶如進入了
教堂，在牧師的佈道中，找到了一種庇護和依靠。

結束語

蘇曼靈：于堅詩文較多生活點滴，詩的結構和層次感較強，詩
語比較隨意樸素，詩句幽默風趣俏皮，富有哲理，意
象豐富，可以看出詩人的智慧以及對生活的細味。感
覺于堅就是孩童與長者、智者與平民、品味與世俗的
矛盾結合體，于堅熱愛生活、熱愛文學。

于堅視詩如命。他堅信自己的發現，堅信生命的存
在，並以堅定的意志去印證「存在」。

* 訪問時間：2017 年 5 月 26 日。

在香港念詩
——為「句號書店」作

香港的水太淺摩天大樓和小房間因此

乘虛而入佔領了幹掉的島嶼原住魚沉下去

新來的金融升起燈紅酒綠中一家書店可不好找

蘭波之鱗藏在威靈頓街一部電梯裏高美蓮的

小書店在粵語英語和南腔北調的普通話之間

賣法文書就像地下黨的秘密接頭點我要執行的

任務太危險啦！穿過中環的洶湧物流縫隙裏的

7點半鑽進一排月台般的書架為一群自願出院的

讀者念詩此時他們已經在核對腕錶在各種帳簿和

複寫紙之間在電腦桌前的轉椅上在煙捲燙到指頭之後

在一輪落日的假眼球對面討論A或B的句子太長了

他們珍惜懸置在一個小括弧裏的幕間茶歇我得擺脫掉

一千台自動取款機的白眼仁我得模仿一條傳說中的

劍魚刺穿混凝土和玻璃門的海在地鐵站亮出乘車卡

再磨一次此生又薄掉一層但詩沒有這些袖珍的韻

已經還原逃離了滔滔不絕最近被李金佳和魏簡翻譯成

法語更厚了我只揣着一份從雲南高原帶過來

在古茨店香水行和麥當勞之間披荊斬棘差點兒被

提大號塑膠袋的遊客撞倒甩開穿黑制服的小汽車

就像甩開帶鴨舌帽的特務步子越發矯健突然跳上

自動電梯綠燈凍結沒擠進獲勝者興高采烈的行列

但修改了第48行增加了三句拐過報刊亭朝下坡走

往南上天橋避開那個正在發小廣告的偷渡客在物業的

集中營裏開闢出一條史無前例的非法隧道過後就

無人問津了後繼者要重返得再次迷路再次

披荊斬棘再次超現實其間當了三回說謊者

旗艦店門口他們像明星那樣問買了沒有？買了。

吃了嗎？吃了。上哪去？置地廣場。沒好意思說出

實情我擔心他們起疑扣留通行證那些短句已經

過期提及一次旨在落伍的飛行鼓吹怠工

是今天的暗號當它在電梯間的綠色小框裏跳出來

鐵門就會打開讀詩要有光就有了光（書店）

滿室生輝一群昂貴的書呆子啞啞地望着我正像

戰友在等候盜竊密件歸來的戰友有些緊張我不確定

這些將要被破譯的密碼是否在轉運的途中由於周折

不斷早已變質白晝的營業令人疲倦喝口水

開始讀第一首但願這不是一個絕望的時刻

在語言中重生——姚風專訪

　　姚風，生於北京，現居澳門，曾任澳門文化局副局長，現為澳門大學教授。發表過大量詩歌、翻譯和隨筆作品。著有中文和葡文詩集《寫在風的翅膀上》、《一條地平線、兩種風景》、《黑夜與我一起躺下》、《遠方之歌》、《大海上的檸檬》，譯作有《葡萄牙現代詩選》、《澳門中葡詩歌選》、《索菲亞詩選》、《在水中熱愛火焰》等十餘部。2004年獲得第十四屆「柔剛詩歌獎」，2006年獲葡萄牙總統頒授「聖地亞哥寶劍勳章」。

自我與書寫

蘇曼靈：你認為勤奮對作家重要嗎？身為一名作家，想在寫作的洪流中脫穎而出，需要對自己進行怎樣的訓練或者需要具備哪些素質？

姚　風：勤奮是作家最基本的品質，但是，不見得勤奮就可以成為一個優秀的詩人，一個優秀的詩人必須具備多種要素，勤奮只是其中一點。我們對語言要有一定的敏感，可能你有想法，但是你沒有找到適合的方式來表達，也沒有被讀者認同的方式，那就不是一個優秀的詩人。作為一名寫作者，無論是小說家或者是詩人，必須是有抱負的。他的作品，必須要有自己獨特的聲音，除了個人感情的抒發，還要對自己所處的環境和周圍的人有一種仁慈的關懷。如果抱負與胸襟更宏觀一些，還可以從中國的歷史，來反思當今中國社會。審視我們的國史，我們中國人的特性，也就是民族性，包括我們的體制，相比歷代王朝，是否有了本質的改變，為甚麼在清朝或者明朝發生的事，在今天也可能發生，前兩天我看了澳門大學歷史系教授茅海建的一本書——《鴉片戰爭再研究》，感觸非常深；後來又對比英國一位學者叫藍詩玲寫的《鴉片戰爭》，也有很大的觸動，相比那個時候，我們中國人到底改變了多少？如果再來一次鴉片戰爭，我們中國人對外來者的態度會不會有一個根本性的改變？雖然中國現在進

入了一個現代社會，但一些本質性的問題卻尚未得到解決，還有待思考，包括魯迅所提到的「國民性」，也有很大值得改善的空間。每個中國人都要去思考，如何去做一個更好的更完整的中國人。目前很多關於社會和民族的書，以及關於「新儒家主義」的討論，它是否可以拯救中國，是否可以為世界文明作出貢獻，我對此持比較保留的態度。所以，作為一位詩人，除了勤力和對文字的敏感度，還需要有胸襟和抱負，能夠對人類社會發展的歷史、現在和未來都有思辨的能力，如此，才能夠令自己的文字在寫作大潮的芸芸眾生中脫穎而出。

蘇曼靈：你的詩歌語言簡練、精緻，這種風格的詩句該如何避免被視為格言警句？

姚　風：我並沒有刻意把一首詩寫得短小。我個人比較喜歡短詩的形式，有強烈對比的事物我覺得很有意思，我就會把它寫出來，有時幾行就把一首詩表達完了，這可能是我的一種風格。我不會在語言中，利用詞語的迷宮一樣的絢麗來抵達一個中心思想。我的很多詩是一種「圖窮匕首見」的形式。當然，我也在反思，我的詩風總是以這樣近距離「圖窮匕首見」的形式出現，寫得多了寫得時間長了，可能也會有一定的問題。最近我也在思考這個問題，所以也會在詩歌裏注入更多的元素，讓詩歌寫得更加深厚更加豐滿。比如去年我寫了

一組題為〈西湖練習曲〉的詩，就刻意把更多的思考注入詩內。還有，是否能夠把諷刺和抒情的風格融入得更好，讓一首詩變得更加飽滿，層次更豐富。匕首式的短詩，給人感覺像一束火花，讓人馬上眼前一亮，但是如果能夠讓火焰燃燒得更長，可能照耀的範圍會更廣更深。當然，我不會把詩寫為格言警句，這也是一個詩人要警惕的問題。因為格言警句不屬於詩歌的範疇，它屬於哲思的範疇，在這個方面，我是一直非常警覺的。此外，詩歌有詩眼，一首詩裏面會有高潮或者讓人眼前一亮的句子，我以前創作的時候會考慮這些元素，但是現在我慢慢反思這個問題，如何讓鋒芒變得更加含蓄，隱而不露的鋒芒更加鋒利。我尊重不同的風格，一個詩人的寫作風格是一個詩人的詩學主張、審美取向、學識修養、成長環境、文學修養等因素所影響而形成的，還有就是，一個詩人的秉性也是影響創作的重要因素。比如西班牙詩人洛爾迦，他的詩，意象非常奇特，帶有個人獨特抒情的聲音，而聶魯達的抒情方式又不同，聶魯達的詩更加絢麗，更為激昂，讓人熱血沸騰；他也憂鬱，但是他的憂鬱和洛爾迦完全不同，洛爾迦猶如清冷的月光下的獨行者，聶魯達卻可以擁抱太陽，可以向着太陽高歌。所以說，每一個詩人都是一個獨特的個體，任何詩歌的聲音都是值得尊重的。繁複是好的，但是前提必須

是恰到好處，不管你用怎樣的語言方式，必須適合一個詩人想表達的主旨。如果一首詩歌的語言模式很繁複，但是內容和思想是蒼白的，猶如一個人穿著華服，但是靈魂和身體不完美，與外衣不相匹配，那麼外衣就成為華而不實的東西。簡單來說就是：內容和形式要統一要和諧，以達到美的效果。

蘇曼靈：請問你這種簡練的語言特色，是否受翻譯外文詩的影響？

姚　風：影響不多。比如我最近出版的一本安德拉德的詩集《在水中熱愛火焰》，我翻譯他的詩集很多年了，他的詩和我慣常的寫作完全不同。我喜歡嘲諷，會有一些黑色幽默的東西，但是安德拉德卻是完全執着於幾個大自然的元素，把這些元素裝入他的詩歌的萬花筒，然後他一搖就會出現一種新的意象，從而構成一首新的詩歌。他的詩歌元素都很簡單，比如：泉水、太陽、土地、身體，等等。他寫過很多關於身體的詩歌，安德拉德很多時候都是從自我、心靈和身體為出發點，再走向陽光、黑夜、水、大地……我的詩歌的抒情性不如他，我的詩歌很多時有「我」的存在，而這個「我」的存在卻不是現場的存在，很多時「我」的存在只是一個旁觀者的存在，當我看到一種現象令我不滿，或者令我欣喜，我就會寫下來，這與安德拉德不同，安德拉德的存在是第一人稱的存在，我的存在是第三人稱

的存在，角度不同。翻譯本身就是一個非常深刻的學習過程，譯者要深入去了解原作者的意象，詞語的內涵，通過翻譯安德拉德的詩歌，我也學到了如何去尋找奇特的、與眾不同的意象。

蘇曼靈：你在寫作的過程中會考慮讀者嗎？

姚　風：我寫詩首先是為自己寫的，我寫一首詩首先要令自己很快樂，寫詩這件事是讓我變成更加豐富更加完整的一個人的方式。當然，詩歌最終也是要面對公眾的。一個寫作的人，應該兼具作者和讀者的身份。創作時，我的身份是詩人，當完成一首詩，在修改的時候，我會站在讀者的角度思考，如何讀起來會更好，如何令語言更加簡練，還要考慮怎樣寫能夠帶給讀者更大的空間。

蘇曼靈：我看過你的一個訪問，你在訪問中提起，很小的時候就被選去學習外文。

姚　風：我們那時是比較特殊的年代，是文革爆發的年代，我69年被「北京外國語學院附屬學校」選中，就是現在的「北京外國語大學」旗下的附屬學校，文革期間所有的學校都停課了。69年，周恩來總理號召「中國要輸出革命，要解放世界上還有的四分之二受苦的人民」，要輸出革命就必須學習外語，所以，「北京外國語學院附屬學校」就恢復招生，我是小學四年級被學校招走的，學校隨機分配學習英語，學法語，學俄語，我被分配

學習西班牙語。不過，那段時間的學習不完整，支離
破碎，因為有不停的政治運動，我們都要參加，學的
東西並不多，學校自己編教材，教材多數都是革命教
材，沒有接觸過外國的雜誌或是書刊，那個年代的學
習條件很差，沒有書可看，托爾斯泰等等作家的書籍
都被視為「毒草」，那是精神荒涼的時代。

詩與哲學

蘇曼靈：請問，你在醞釀一首詩的時候，會圍繞「哲思」思考
嗎？

姚　　風：我個人進行詩歌創作的經驗是，我不會主題先行，我
不會先想到薩特或者誰的一句話或者一個概念才會寫
一首詩，我更多的時候是我看到一個事件，或者是讀
一本書讓我有所感觸，我就會以詩歌的形式表達出
來，我也會寫愛情詩，也會寫與我個人生活有關的
詩。寫詩很多時是一種表達自我的方式，比如，我總
是對南京大屠殺耿耿於懷，所以我就寫過兩三首關於
這個題目的詩歌。我覺得我們中國人為甚麼總是在
自己的土地被別人屠殺？陳丹青說，在大街上的中國
人，是一張張被人欺負的臉。我想想也是，中國從古
到今，多少次被人佔領被人欺負被人屠殺。又比如，
我們經常會談到革命，但是我們的革命很多時是為了
滿足最基本的生活上的需求，簡單生活，我們的革命

就是為了活下去。中國歷史上的多少次農民起義都是為了吃飽肚子而揭竿而起的，我覺得這是挺悲涼的事。比如中國的文學，莫言和余華是我們最好的作家，但看完他們的作品你會覺得，他們的作品寫出了中國人強大的生命力，但僅僅活下來就夠了嗎？余華寫過一本書叫《活着》，好像「活着」就是我們中國人最關心的問題，本來活着是一個人最基本的問題，但是對很多中國人來説，「活着」成為了一個夢想，成為了一生要抵達的追求。其實對於一個人來説，僅僅是活着是不夠的。因為你的一生不可能僅僅是一日三餐吃飽肚子就完了，但在貧困的年代，對於很多中國人來説，「活着」甚至成為一種奢求。我有時和朋友討論，我們研究中國人的國民性和中國文化，應該有人去研究「飢餓」歷史上對中國人的國民性的塑造和影響。因為飢餓會讓人們喪失尊嚴和理性，在最基本的生活要求無法滿足的情況下，想得最多的就是如何活下去，飢餓甚至能夠改變人性。目前，絕大多數中國人脱離了飢餓，一些人的物質生活可以説是富足的，但我們又會面臨另外一種貧窮，我們缺少一種精神上的貫注，而當金錢成為我們唯一的追求，這是挺可怕的事情。當我們關注中國的現實，發現道德淪喪，失去底線，老人跌倒沒有人敢去攙扶，這樣的現象每天都在發生，難道不讓人悲涼？這些，都能引起反思，不能

說和我們的寫作毫無關係。

蘇曼靈：粗略來說，西詩重思想，中詩重抒情。西方詩歌滿懷
激情，氣魄宏大，圍繞哲學、宗教和人神論等議題，
弘揚英雄主義，推崇個人主義，甚至很多中國詩人也
深受「存在主義」哲學影響，這和我們中國詩歌的格調
很不同。

姚　風：你這個問題說得很好。文革結束以後，八十年代初
期，西方新的思潮，包括西方的現代主義文學對我們
影響很大。我在大學時，薩特的「存在主義」影響很
大，我的很多同學也都受其影響。我們那時天天都學
習馬克思主義、列寧主義，其實學的都是皮毛，一知
半解。當時有一個詩人叫袁可嘉，我大學畢業後分配
到社科院外國文學研究所，和他是同事，他編了一本
書在當時很有名，叫《西方現代派作品選》。另外，外
文所另一位同事柳鳴九，他是研究法國文學的專家，
他也極力介紹薩特的「存在主義」。西方的哲學思潮和
文學思潮對中國的文學界和思想界都有很大的影響。
「存在主義」對那個年代影響較大，但並沒有持續到現
在。至於東西方文學的差別，余光中有一篇文章專門
說到過。中西方的思想和哲學體系是不一樣的，這也
就決定了每個人，包括作家，對待世界的態度也是不
一樣的。西方的詩歌講究浪漫主義基調，他的抒情性
很強，西方始終是把「我」，就是把個人放在一個非常

重要的位置,「我」面對自然,面對社會,面對神,更重要的是面對自己,總是我與我,我與他者,人和自然,人和神之間的對話。相比之下,中國的詩歌,從語言的方式來説,中國詩歌的語言有一定的模糊性,自我是隱匿的,是朦朧的,但這樣的語言從詩學上來説是很美的。詩歌並不是一種講究清晰的藝術,張三就是張三,李四就是李四,一個蘿蔔一個坑。中國詩歌語言的朦朧,那種只可意會不可言傳的審美反而是非常好的一種效果。是西方詩歌很難抵達的,所以中國詩歌,從語言表達方式上就和西方完全不同。比如西方用一個動詞,現代式還是過去式,必須要準確表達;但是中文詩歌,很多時連主語都是省略的,這樣的省略,可以令讀者也進入角色當中。中國文學語言表達的時間概念是不清晰的,我們的詩歌裏可以是講過去的一件事情,也可以是講現在,因為中文本身就沒有動詞變位,沒有時態的概念,中文裏表達的「我」,你會感覺他的存在,但是同時這個「我」又是隱藏的。這就涉及到詩歌翻譯,為甚麼我們中國詩歌被翻譯成外文,經常會失去原有的味道。一方面,中國詩歌的形式很難被翻譯成外文,就好比把西方的十四行詩翻譯成中文,同樣很難。「十四行詩」是西方語言特有的詩歌形式,和我們的七律詩一樣,七律的對仗和平仄,就是我們中國特有的音樂的形式和韻律,這

些元素被翻譯成外文的同時也會喪失。

美國詩人佛洛斯特說過：詩歌是翻譯中失去的東西。所以，無論是中文詩歌翻譯成外文或者外文詩歌翻譯成中文，原作的形式一定會遭到破壞，特別是我們的韻律、對仗、節奏等，在被翻譯成外文時，要在譯入語中重構新的節奏。從中國語言的形式上來說，我們所表達的個人並不是一個突出的主體，而是隱藏的，這與中國的文化也有關係，一方面是我們的語言，一方面是我們的文化。我們的文化不主張張揚自我。我們小時候學習「個人主義」，這個詞在中國的翻譯是有誤解的。我們所說的個人主義是把它和自私自利混為一談了，其實，西方所說的「個人主義」並非此意，西方的個人主義只是張揚自我，但是「張揚自我」在中國文化裏是大忌，我們習慣說「槍打出頭鳥」，中國文化就是要求人沒有面孔和聲音，不能強調自我。

蘇曼靈：對，這就是文化的區別所在，中國和西方對自我的理解不同。在西方世界，他們認為「自我」就是對自己的尊重，但是在中國如果標榜自我的話，則被視為是一種自大和傲慢。

姚　風：有的時候可能還不僅僅是傲慢的問題。因為中國的文化主張抹掉自我，雖然含蓄和內斂是帶有褒義的詞語，但是這種抹掉自我是負面的，造成我們國人的文化中有一種心態，就是不敢有自己的聲音，同時也造

成一種隨大流的心態。直到現在，我們有一些公眾事件發生，在公眾場合是聽不到任何聲音的，一片死寂。大家都保持着沉默，可怕的沉默，但願這樣的沉默裏包括了一座火山。

詩與自由

蘇曼靈：請問你，中國文化歷史悠久，數代受儒釋道思想影響，算不算是中國人的一種宗教？

姚　風：我們的宗教背景並不像西方那麼強大，西方人的寫作、繪畫，處處可及可見宗教，宗教在西方世界是一個強大的背景。但是我們所說孔孟只是思想和道德的說教，不是一種宗教。至於老子的道教，影響了很多中國詩人。人在得志的時候相信儒家，失意時，就會選擇隱居山林，就會想到老子，想到「歸隱自然，順應天命」。中國詩人的背景，依託的還是自身的思想體系，比如儒釋道。很多詩人的一生，不同階段受到不同思想的影響。比如詩人王維，儒家和道家對他都有深刻的影響，到後半生就乾脆過上隱居生活。古代詩人，我個人最崇拜的是李白，因為李白的寫作完全不按常規出牌，他狂放的生活方式，他的自由的寫作，是我們中國詩人中很少有人可以和他比肩的，他應該是獨一無二的一位詩人，他太自由了，他甚麼都不信，因為他是自由的人，所以他才寫得出自由的詩

篇。甚麼時候開始我們中國詩人有了自由的概念？我覺得，「自由」這兩個字的起源和背後的思想是很重要的。像莊子《逍遙遊》裏寫的鯤鵬，也是一種自由的心態。現代意義上的「自由」這個詞，竟然是從日文從西方翻譯成中文的。

蘇曼靈：除了自由，我又想到中國文學發展和存在的另外一個問題。中國現代文學發展其實是坎坷的，首先是政治因素，文革那段時間，很大的一段空白和斷層，不少文學家和學者在那段時間消沉甚至失去生命；其次是經濟因素，近十多二十年，中國經濟改革開放，大家都忙着賺錢，這些因素，對文學也造成很大衝擊吧？

姚　風：是的，現在的形勢應該是一種雙刃劍吧，一方面在思想上的限制，每個寫作者都裝了一個自我審查的軟件。作家們一到寫作的時候就會想到，我寫的東西是否可以通過審查，是否能夠發表，這對寫作肯定會造成很大的傷害，這樣的寫作絕對不是一種徹底自由的狀態，藝術創作應該是自由奔放的，無拘無束的。另一方面，本身我們國人就缺乏一種強大的精神背景來支撐我們的寫作，現在又受到這種經濟大潮的影響，市場對作家構成很大的誘惑。所以這兩方面對寫作都會造成很大的影響，只有那些特別堅守的作家才會有所成就。

蘇曼靈：那你覺得自己的寫作達到「自由」嗎？

姚　風：沒有達到！自由地寫作是每個人應該要為之奮鬥的目標。如果每個人都為之奮鬥的話，肯定會達到那種境界。比如前不久，某個人死去，我看到很多詩人還是有這種悲憫情懷的，也發出了自己的聲音，當然，這種聲音發出的環境非常艱難，因為公開的平台聽不到這種聲音，但是我覺得很多詩人還是有這種情懷的。一方面，包括我自己，在這種時候表達都是很克制的。詩歌的情感表達不需要很直接，你對現實的批判也要有藝術含量，很多時我對現實還是非常警覺的，也持有一種批判的態度。自由是我們寫作的方向，只有自由的寫作才是最真誠的寫作。

詩與格局

蘇曼靈：中西詩相比之下，你會不會覺得中國現代詩格局不夠大呢？

姚　風：首先要肯定的是，中國當代詩歌寫作是很活躍的，這和我們中國的現實有關係。特別是互聯網的興起，讓詩歌形成一股熱潮。現在人們發表的渠道多種多樣，以前我們的發表要通過審稿，審稿過濾的很多因素決定作品的去和留，或者需要按照編輯的要求來進行修改才可以獲得發表，而互聯網讓每個人都可以有發表的機會，所以這也就造成了詩歌的繁榮。當然也不能說當代詩歌已經達到一種很高的高度。好的詩歌和好

的詩人比以前多很多，至於詩歌格局的大小，那種大胸懷的作品，我覺得是值得去期待的。現在有很多不錯的詩人，但是他們是否能夠成為大家，也是需要時間去驗證的。中國當代詩歌的發展是繁榮的，但是詩歌需要在精神內核上和寫作手法上有更大的突破，在精神上可以形成一種更大的格局。

詩與城市

蘇曼靈：寫作是一件枯燥苦悶的事，澳門紙醉金迷燈紅酒綠，你如何抵抗賭城的各種誘惑？

姚　風：澳門是一個非常浮華的城市，不能堅守自己的人很容易在這個城市墮落，賭場是利用人性的弱點來設計的，比如人性的貪婪。賭場每天都在考驗人性，這裏每天都在上演悲歡離合的故事，有人贏錢了，當然是歡欣鼓舞，但是更多的是輸錢的人，是傾家蕩產的人。這有點像波德萊爾寫的《惡之花》，我想，如果波德萊爾來這裏生活過的話，肯定能夠寫出《惡之花》的續集。我覺得澳門就是一朵惡之花。當然，澳門是有兩面性的：一方面，她是惡之花；另一方面，她又是搖曳多姿的多元文化的一朵玫瑰。至於我自己，我的生活基本上是在一種比較正面的，有着陽光的一面。澳門雖然很小，但是它又充滿了邊界。賭場和我在大學裏的生活是完全沒有關係的，沒有任何交集，所以

紙醉金迷完全與我沒有關係。我的生活其實很簡單，就是大學，回家，和平常吃飯散步的那幾條街道。我的創作靈感很廣泛，無論是一個人、一件事、一處風景、一幅畫、一本書，甚至音樂，或者看了一條新聞的感觸，都可以激發我去創作。

蘇曼靈：我看你的詩很少提到澳門。

姚　風：是的，這也是我應該要關注的一個主題。我在澳門生活了很長時間，詩歌的確較少涉及澳門。我覺得澳門的歷史和文化是一個非常值得去挖掘的主題，我有計劃寫一組關於澳門歷史和文化的歷史性的長詩。很多時，我們對歷史會缺少一種比較深入的梳理。坊間野史多，其實正史也有很多謊言，很多內容都不是真實的。澳門歷史很多是葡文的史料，我們很容易用現代人的一些觀點和想法去解讀歷史。澳門是一部殖民史，畢竟被葡萄牙佔領了四百多年，但是，如果沒有這樣的佔領，西方文化對中國文化的影響可能又會延遲很多年，從這個角度來看是有利有弊的。一方面作為中國人來說，可能是一種恥辱，鴉片戰爭也是一種恥辱，但是，如果沒有鴉片戰爭，我們還是在夜郎自大、閉關鎖國的蒙昧中。

翻譯詩與科技

蘇曼靈：人工智能時代的降臨，翻譯這種工作很可能被機器淘

汰，你認為「翻譯詩歌」會被取代嗎？有學者認為：「翻譯詩根本不是『詩』而是『釋詩』」，更以古人的說法「詩無達詁」來加強自己的說法。對此，你有何個人見解？

姚　風：詩歌是不可能被機器取代的，詩歌始於心靈，機器沒有心靈，靈魂是不可模仿的，也是不可複製的，每個人都有自己的靈魂。一個詩人寫詩的心跳肯定是屬於自己的，你的感覺感情，以及對詞語的發現，都是自己的。即使人工智能以後發展得非常好了，但是詩歌還是無法被機器代替的。他可以模仿人寫出非常有趣的詩，但是，你寫的詩，是與你的情感與你的心靈有關係的詩，機器寫不出來。它可以根據意象和象徵來編碼，讓你看上去是一首很不錯的詩，甚至語言上帶給人一些驚喜，但是，這是沒有心跳的、沒有體溫的。至於對翻譯詩歌的說法，余光中、袁可嘉、西川、陳東東等詩人，都寫過關於詩歌翻譯的文章。我認為要多去了解同是詩人又兼詩歌翻譯家這些人寫的文章會更加中肯。因為一個學者，他如果自己不寫詩的話，他的這些評論可能會很難擊中要害。翻譯詩也是詩，前提是，把一首詩翻譯成另外一首詩，這並不容易，但並非不可為，戴望舒、袁可嘉、馮至、穆旦都很好。倒是那些學者很難把詩歌翻譯好，因為他們缺少詩人的敏感，哪怕他們精通外語。

翻譯詩與原創的關係

蘇曼靈：請問翻譯外文詩，如何去拿捏漢語的音、韻和意？

姚　風：如何拿捏漢語的音、韻和意，這是很難的。比如，我翻譯一首葡萄牙詩歌，我不可能照搬它的音、韻和意。在翻譯外文詩的時候，意象是要保留的，但是音和韻很多時必須根據譯文再重新設置樂感和韻律。當然，比如說十四行詩，有些人會照搬西方的韻律，但是被翻譯成漢語時，在漢語裏會顯得比較生硬。因為他的這種詩歌形式不是我們中文所特有的，我們中文是單音節字，和西方的語言是完全不一樣的，所以在翻譯的時候，必須根據漢語的特色為一首詩重新構建它的節奏和音韻。如果強制押韻的話，會把一首詩毀掉，會把一首詩翻譯成打油詩的味道，這是一定要避免的。至於意象，是另外一個東西，原詩的意象要保留，要盡量把它從外文翻譯到中文當中。當然，當西方的意象進入到我們中國的隱喻和象徵系統裏的時候，意象背後的內涵會發生變化。比如月亮，在英文和西班牙語裏，月亮是一種隱喻，他的這種隱喻和象徵與中文裏月亮的象徵和隱喻不同；又如李白的詩：「床前明月光，疑是地上霜。」這裏所指的月光讓我們聯想到的是思鄉，這在西方的隱喻系統將會是另外一種內涵。你可以把它翻譯出來，但是讀者所理解的意象只能夠按照他所了解的象徵或隱喻系統來理解，

關於這一點，作者也是沒有辦法的。不管怎樣，我認為，譯者還是應該盡量忠實地把原創的意象翻譯出來，盡量貼近原創。

蘇曼靈：我讀過一些翻譯詩，它和原作對比完全是兩回事。

姚　風：對，是有這個現象的存在。現代詩的翻譯還好一點，古體詩的翻譯就更不堪了。比如格律，這就是無法被翻譯成外文的。內地有一位翻譯家，叫許淵沖，他把中國古體詩翻譯為英文，他努力去押韻，他在韻律的忠實上做了很多工作，但是效果如何，只有西方那些有經驗的讀者才有話語權。

譯者對翻譯詩的影響

蘇曼靈：每一位譯者都有慣用母語和所精通的語言，將作品翻譯為外文和將外文翻譯為母語，對譯者的語言能力有何要求？

姚　風：關於這一點，當然是由真正的雙語詩人翻譯家來翻譯是最為理想的。雙語的意思就是，一個人從小就把中文和英文或者其他外語當作自己的母語來學習，這樣他能夠掌握兩種語言的細微之處，他對兩種語言都有足夠的敏感度。比如我自己，就算我可以自己寫葡語詩，但是我對自己的翻譯詩是沒有百分之百信心的。我們漢語詩歌翻譯成英文或者其他西方語言，如果是由中國的詩人翻譯家來翻譯的話，他最好與一

位西方的詩人合作，哪怕對方不懂中文都沒關係，合作翻譯詩歌是比較好的方式。很多時，在詩歌的意義（meaning）方面的翻譯是簡單的，但是很難的是語感，對方一看就是你中國人的表達方式，甚至一個標點符號或者一個詞序的顛倒，都會改變一首詩的內涵。這就是為甚麼雙語詩人翻譯家是最理想的。很多漢學家也翻譯了很多中國詩歌，但是很難像龐德一樣對中國詩歌的翻譯那麼有名，貢獻那麼大，這就涉及到翻譯詩歌的「再創作」問題。我們中文詩和西方詩差別那麼大，一個譯者面臨着如何去把一首詩在翻譯當中變成另一首詩的問題。很多時，我們把一首詩翻譯成外文，它看上去好像還是詩，但是已經失去了詩的形式和內涵。或者說，一首非常好的詩，很多時會被譯者糟蹋了，它看上去還是一首詩，但是卻在翻譯的過程被譯成了二流詩或者三流詩。比如說，這個詩人在波斯語裏或者在法語裏這麼偉大，為甚麼被翻譯成中文就看不出來呢？這就是翻譯的問題。但是龐德是個別個案，他的中文並不好，他僅僅是初通中文，但是他是一個非常優秀的詩人，他可以再創造。他翻譯的很多中國詩並不是翻譯詩歌，而是理解了中國詩歌以後，再按照原創另創一首新詩，也就是說，他把翻譯詩歌視為「再創作」，這些被他再創作的詩歌裏還可以找到一些中國詩歌的痕跡，包括意象，他已經完全是

再創作了。這是詩歌翻譯史中一個非常獨特的案例。至今，我們一提到中國詩歌的翻譯，肯定會提到龐德，他的翻譯至今都有強大的生命力。相比之下，很多學者，包括我們中國的譯者來翻譯中國古典詩歌，都沒有這麼強大的生命力。

蘇曼靈：你個人比較喜歡翻譯哪一類的外文詩？

姚　風：我看到有些譯者，任何風格的詩人他都會翻譯，我並不認同這一點。我曾經寫過一篇文章，我認為一個翻譯家最好翻譯與他自己的氣質和寫作風格比較接近的詩人的詩歌，這樣的翻譯效果才會比較理想。當年北島的《失敗之書》裏面有一篇文章是講洛爾迦有一首詩叫〈夢遊人搖曲〉，黃燦然在《讀書雜誌》上寫了一篇文章，分兩期連載，批評北島對戴望舒譯本的改譯。後來我看了這首詩的西班牙語原文，還有戴望舒的翻譯和北島的翻譯，我覺得這首詩，北島的翻譯有些地方的改動是不錯的，但是也有些地方確實誠如黃燦然所言，是敗筆。後來我就得出一個結論，一個詩人不可能翻譯任何風格的詩人的詩歌，最好去翻譯與自己的氣質和風格相接近的詩人的詩歌。北島的風格是凝練，他往往會把他這樣的特點在他的翻譯當中去實施，但有些句子的翻譯並不適合他這種凝練的風格。很多時，我們會忽略詩人翻譯家的氣質對譯文的影響，但是我覺得這一點是很重要的。

翻譯詩即再創作

蘇曼靈：在翻譯詩歌的過程，如何去守住原創風格不被破壞？

姚　　風：一首原創的詩歌被翻譯成外文，它已經不是原來的那
　　　　　首原創詩歌了，它在翻譯的過程已經不知不覺被譯者
　　　　　的風格、秉性，以及主觀性所影響。我們在翻譯研
　　　　　究當中會分析「譯者的主觀性對譯文的影響」，因為
　　　　　譯者不是透明的，同一首詩被不同的譯者翻譯，效果
　　　　　是不同的，因為不同的譯者有不同的風格、不同的秉
　　　　　性、不同的審美與修養，以及不同的翻譯經驗，這些
　　　　　都會在譯文中留下痕跡，這就是譯者的主觀性對翻譯
　　　　　的影響，甚至還有人主張，一旦你翻譯一個詩人的作
　　　　　品，這個詩人已經死了，是你代替這個詩人在另外一
　　　　　種語言中存活；也就是說，你是這個詩人在另外一種
　　　　　語言中的代言人。所以你所說的一首原創詩歌一旦被
　　　　　翻譯，它肯定不是原來的那首原創了。當然，作為一
　　　　　名譯者，有責任和義務最大限度地去保留原文的原創
　　　　　性，這就需要譯者對原文的深入理解，譯者母語的造
　　　　　詣也決定了翻譯詩歌的好壞。一個翻譯家如果母語不
　　　　　夠好，是不可能成為一名優秀的翻譯家的。

蘇曼靈：你說，翻譯的過程是一個再創作的過程，也可以說是
　　　　　改譯。這與知識產權是否有衝突？如果原創作者看到
　　　　　這樣的譯文與他自己的原創不同了，這對原創者是不
　　　　　是一種不敬？

姚　風：所以這個「再創作」是要慎重的，要看是誰在「再創作」，並非所有的譯者都有能力去「再創作」。比如一首二流的中文詩被一個強大的譯者所翻譯，他可以把這首二流的中文詩在外文裏創作成一首一流的外文詩。這樣的翻譯反而是對作者的一種尊重，因為譯者理解了原作者，並且讓原作在翻譯過程中發揚光大。當然，這樣的譯者可遇不可求，如果作者找到一個這樣的譯者，那將是他的幸福和幸運。

詩歌與社會現象

蘇曼靈：我留意到中國內地各類詩歌活動不斷，請問你認為這些詩人聚會對詩人有甚麼影響？

姚　風：現在這樣的詩歌活動確是太多了，而且很多時候，詩人們聚在一起，除了官方的一些討論和交流，詩人在私下好像很少談詩。我個人在這些活動方面是有所節制的，因為首先工作比較忙，沒有太多的時間；另外，我個人覺得參加這些詩歌活動對寫作並沒有甚麼幫助。我覺得一個詩人最終還是要靠文本說話，你如何在一盞孤燈下寫出好的詩篇才是最重要的。

蘇曼靈：藝術是一種很個性的很自我的創作表現，人與人之間經常見面，彼此間的思想會受到感染和影響，而一個人的思想又直接影響文創，這對寫作有利嗎？

姚　風：如果這種影響是真正可以令到一個人的創作有所提

高，那還是很好的。但是如果只是為了擴大自己的人脈或者是有交誼性質的交流和聚會，那就是浪費時間。

蘇曼靈：詩歌是一種信仰，創作者是否應該堅信另一種信仰以支持和產生詩歌這種信仰？

姚　風：首先，我個人是沒有宗教信仰的，因為我這一代人在內地成長的時候從小就被培養成無神論者，從小就被灌輸的一句話「宗教是麻痺人民的鴉片」，所以我們就不信神，也不信鬼，甚麼都不信。對於我來說，雖然甚麼都不信，但是我認為，作為一個人，特別是一個寫作者，應該對人類懷有悲憫情懷，人以仁慈為懷，以德為鄰，這可以說是一種信仰吧。如果沒有這些，詩歌就會沒有溫暖。

詩歌與自我的宏觀性

蘇曼靈：你認為詩歌的好壞與人品有關係嗎？

姚　風：其實，詩歌有些時候和人品並不是一致的。比如我們現在總是去批評胡蘭成，我們把他當成漢奸，偏偏他的作品又非常具有文學性，有價值。但是，我覺得那種特別優秀的作家，文品和人品肯定是統一的，比如托爾斯泰、杜斯妥也夫斯基這樣的作家，他首先是一個非常高尚的偉大的人，才能夠寫出那種非常高尚的不朽的作品。一個偉大的作家，他一定是一個充滿人性、對人類社會懷有很大的悲憫心的人。也可能會

有一些作家，像胡蘭成這樣的作家，他的人品不怎麼樣，他們可以做到在文字上很雕琢，可能會寫出一些好的文學作品，但是這樣的作家絕對不能夠成為一個像托爾斯泰或者是福克納這樣的偉大的作家，不可能。

蘇曼靈：詩歌，既是藝術又是文學作品，一首好的詩歌帶給人美感和力感的同時，文字的功力和內涵必須是深厚的，這是否足以判斷一首詩的好壞？

姚　風：我們先探討一下藝術與文學。很多時我們會說「詩歌藝術」、「小說藝術」，但是，藝術品在中文裏的定義和文學作品完全是不一樣的。藝術品更多的是視覺的感官，藝術可以被形容：音樂藝術、視覺藝術、詩歌藝術，在這個大範圍中，文學作品同時也是藝術品。然而，詩歌和繪畫呈現的方式是不同的。詩歌主要是通過文字來觸及你的心靈，但也是藝術品，它與通過視覺效果來觸動你的藝術作品是不一樣的。當然他們都可以統稱為藝術品。至於我的詩歌，隨着寫的時間越來越長，大概會知道自己寫的一首詩好還是不好，或者好到甚麼程度，自己會有一個判斷。我要判斷可能也是根據你的這幾個方面，比如文字、美學，還有就是它所表達的內涵是不是很充分、很到位。或許有時候，一首詩，你覺得寫得不夠好，卻能夠得到某些讀者的欣賞。但是基本上一首好詩還是有一個比較一致的審美標準的。就是説，一首好的詩必須是要可以

打動人。當然這個目標可以讓詩人有很多的手段或者方法去做到，有時一首詩僅僅是詞語的絢麗，它在文字上能夠帶給人一些驚喜，它也可以是一首很不錯的詩。還有一種好詩就是，它可能文字非常簡單，但是它可能就出其不意地打動了你的心靈。所以，詩歌是一種文字的驚喜，詩歌又會觸及你的靈魂，一方面是文字帶給你的驚喜，一方面是打動，這就是好詩的標準和境界吧。這些，或許就是你所說的：美感與力感，文字的功力與內涵吧。

蘇曼靈：請問你是何時開始寫詩的？甚麼原因促使你寫詩？你想透過詩歌與世界形成怎樣的連接？透過詩歌傳遞甚麼？

姚　風：大概是在大學，我開始寫一些打油詩，後來去葡萄牙工作，認識一些葡萄牙作家，膽大妄為地開始用葡萄牙語寫詩，第一本詩集在 1989 年出版，是用葡萄牙語寫的。我最早接觸的是古典詩，開始喜歡詩歌，也嘗試自己寫，寫着寫着就放不下來了。對我來說，寫詩是從中尋找快樂，也是我審視自我和觀察世界的一種方式，世界站在我面前，我必須觀看它，和它對話，而詩歌是我最喜歡的對話方式。至於詩歌要表達甚麼？我在沙漠中看到一粒沙子，我在一粒沙子中看到了沙漠。詩歌要表現被遮蔽、被隱匿的事物，它在光與影、明與暗、多與少、音與意、陰與陽中徘徊遊

走，搖曳成一種藝術。對於我來說，詩歌是一種特別的言說方式，詩人往返於抒情與批判、自我與世界之間，言說自我的內心，言說對現實的立場和態度。

結束語

蘇曼靈：姚風既是學者又是詩人和翻譯家，他對知識的追求是客觀和理想的，並具有真性情和忠於自我。且把姚風比做攝像頭，無論世界和社會、個人和自然、理性與激情，他都能夠巧妙地觀察並融合在一起，他懂得甚麼時候站在甚麼位置，如何與世界對話，如何與自己對話。看姚風的詩歌，我原以為姚風專訪的每個提問，他都會在數行內或有限文字作出總結，就像他的詩一樣語言簡練，沒想到姚風的對答如此豐富，且不失幽默感。

＊訪問時間：2017 年 8 月 7 日。

〈超現實〉

沒有自由，怎麼會有超現實主義

馬戲團裏，才應該有小丑

我從未在臉上塗抹過色彩

卻已把一張面孔活成面具

我愛達利

只因我從不敢超現實主義

〈那片天空〉

鳥兒已經夭亡

但我還留着籠子

保留着鳥兒

曾經跳躍的那片天空

為了讓

那片天空繼續天空

漸漸地

我代替了鳥兒的位置

抵抗世俗——秀實專訪

　　秀實，世界華文作家交流協會詩學顧問，香港詩歌協會會長，《圓桌詩刊》主編。著有詩集《紙屑》、《昭陽殿記事》、《荷塘月色》、《台北翅膀》，散文集《九個城塔》，小說集《某個休士頓女子》，評論集《劉半農詩歌研究》、《散文詩的蛹與蝶》，並編有《燈火隔河守望——深港詩選》、《無邊夜色——寧港詩選》、《大海在其南——潮港詩選》、《風過松濤與麥浪——台港愛情詩精粹》等詩歌選本。

個人風格的形成

蘇曼靈：一代人影響一代人，一個作者影響另一個作者，如此，文化得以從遠古延續至今。請問，你是否受歷代或近代某些詩人的影響？

秀　實：人類文化的承傳，是必然的，所以我們一定受前人的影響。這就是「傳統」。對我詩歌寫作影響最大的是父親。父親名梁學輝，號粲花，是當時香港有名的詩人。他畢生都在創作古體詩。我讀父親的作品長大，潛移默化，受父親影響自然比較大。從舊體詩到白話詩的改變，是我在台灣大學中文系讀書的四年期間。台大中文系沒有現代文學的課程，但是校園裏白話詩創作的風氣很盛行。我一方面吸收了傳統詩歌的精粹，另一方面也對白話詩極其嚮往。我正式創作白話詩是從台大開始的。廖咸浩、苦苓、羅智成、沈花末等都是和我同期的，現在已成為台灣很有名氣的詩人或者學者。在這樣的氛圍下，我便開始了新詩的寫作。那是 1972-1976 年，正是台灣現代詩風起雲湧的時期。我有機會接觸到很多著名的台灣詩人，包括紀弦、余光中、葉珊、瘂弦等，我當時最喜歡的是鄭愁予。《鄭愁予自選集》是當時唯一的新詩類暢銷書。

蘇曼靈：一般來說，受某某作家的寫作風格影響，他的作品裏自然會出現對方風格的影子，請問你的作品裏有沒有所崇拜的詩人的影子？

秀　實：有。鄭愁予和余光中影響我早期作品很大，這是寫作
上良好的現象。鄭愁予當時有一首非常出名的詩〈錯
誤〉，「達達的馬蹄聲」一直流行到現在，可以説是半世
紀以來從不衰竭的一首白話詩歌。這是非常罕見的一
個新詩的情況。我那時寫詩所用的詞彙或是技法都有
受鄭愁予的影響，某些地方甚至刻意模仿他。我覺得
自己的路線是正確的。鄭愁予的〈賦別〉句子散文化，
我當時讀了感到震撼，並思考：為甚麼白話詩歌可以
用散文的句子將詩意表達出來？這首詩令我思考詩歌
語言的問題。余光中的〈蓮的聯想〉中寫到的「台北公
園」(即現在的二二八公園)和「圓通寺」等，我都因詩
而尋幽探勝。創作是通過思想、學問而進行，如果熟
讀某位詩人的詩歌，筆下自然會有他的影子，無須刻
意迴避。但喜歡一個詩人的作品，不單純是閲讀的，
更會對其作品加以研究。文學史特別強調對大師的「追
隨」，就是説從事文學創作，要跟隨大師的足跡前行，
不能無中生有。但我們總有一天要走出大師的蔭蔽，
這即詩人的「自覺」。從大師的足跡裏走出來，因個
人學養及人生經歷，尋找到自己的寫作風格。這是一
個過程。我能受余光中、鄭愁予等大詩人的啟發和影
響，這是我的榮譽。我始於對大師的模仿，而終於建
立了自己詩歌語言的風格。

當今詩歌最大的社會功能是療傷

蘇曼靈：繪畫、攝影，以瞬間的情感捕捉為創作靈感，請問
　　　　詩歌是否具有這樣的爆炸性情緒？一切文學作品、
　　　　詩歌、繪畫等等都是來自思想和靈魂交融所產生的
　　　　創作。在于堅的專訪裏，于堅提到，詩歌是一種「勾
　　　　魂」，請問秀實，你怎樣詮釋詩歌？一首好詩或者一件
　　　　可觀性的藝術品，除了美感與勾魂外，它對人類社會
　　　　產生的效果和造成的影響是否有一定的責任？

秀　實：你這個問題很豐富，我一層一層來作答。你提到詩歌
　　　　是否具有爆炸性的情緒，我部分認同。詩人的創作情
　　　　緒、存在的狀態可以是「爆炸性」，也可以是「潛伏」、
　　　　「慢熱」的，關鍵是面對外界的情況所作的反應是怎
　　　　樣的。爆炸性的情緒不適宜創作詩歌，文字抵達的地
　　　　方並不是留住一刹那。文字是經過深層的思考慢慢沉
　　　　澱下來的。爆炸性的情緒可以，但是必須通過理性的
　　　　處理而化為藝術性的文字，一刹那的情緒爆炸雖然接
　　　　近真實，但是通過文字表達的時候，所透露的意思和
　　　　真相就產生距離。我們要將爆炸性情緒對文字的傷害
　　　　減到最低，而轉換為一種潛在的情緒，讓其脗合和蠕
　　　　動，這才是詩歌所需要的。于堅提出「詩歌是一種勾
　　　　魂」，這是一種説法。詩歌除了勾魂，還存在不同的藝
　　　　術果效。詩歌非訴諸官能的刺激，訴諸靈魂訴諸內在
　　　　的詩歌才是真正的詩歌。所以我很欣賞于堅的看法。

一方面詩歌對於讀者是勾魂的，另一方面，詩歌的存在對於社會有一定的責任，這就是傳統詩歌的「詩教」。詩教就是詩歌對社會最大的道德和倫理責任。詩教在儒家學說裏已經有很深入的詮釋，並符合人性。當今詩歌式微，並非每一首詩都有這樣的影響。文學作品與社會之間產生的效用並不相等。有的作品能夠發揮社會的影響力，有的作品僅僅是訴諸於少數讀者的認同。有些作品可以對人類歷史產生影響，有些作品只為人類文明帶來美感。有關詩歌在社會的作用，有一門課題叫做「詩歌的功能」。詩歌的社會功能在詩學概論裏有很多的說法。有人認為藝術不必與社會發生任何關係，就算發生關係也並非藝術家當初的構想。詩歌與社會發生關係這一點與其他藝術品的情況不同，其他藝術品會出現「公共性」，例如公共場所的雕塑，舞台上的話劇，但是詩歌做不到。台北有「捷運詩」，就是把詩歌放在公共空間內給人欣賞。但乘客對這些作品總是視若無睹的。所以我認為新詩對社會產生的效用不高，不能與古代同日而語。詩歌在不同的年代有不同的存在方式和不同的價值，不能等同傳統的情況。在創作的時候我是不考慮社會責任的，只考慮詩歌寫得好不好，這就是最大的社會責任。一首詩歌若能成為一個社會事件，也並非我最初所想。我的詩歌有些讀者較多。例如在「詩生活」網站專欄「空洞

盒子」裏，我有一首詩叫〈孤單〉，點擊率逾八千次。雖然我看不到有一種社會效應出現，但是我認為詩歌對於世人是一種「療傷」。詩歌就是在替讀者說話，替讀者宣洩他們的感情。勾魂只是其中一個項目。療傷足以概括城市人對於詩歌的需求的內在因素，也就是詩歌得以延續的一個很大的原因。在人來人往的街道上，每個個體都是一個孤獨無依的存在，現代人身處物質時代，靈魂百孔千瘡，需要適當的心靈治療，而好的詩歌，是一劑良藥，可以治療人的靈魂。詩歌的效用就在於此：它並不是改變社會的風氣或者政府的施政，而是針對我們現代人的精神問題而作出溫柔的撫慰，這就是文字的力量，也是詩歌的治療力量，我總結四個字：「以詩療傷」，就是詩歌存在的最大作用。

好詩必得忠誠，以感官對感官

蘇曼靈：讀一首好詩，除了享受它的「美感」外，同時也在感受創作者的思想與情感。讀者與作品雙方必須是：心對心，思想對思想，靈魂對靈魂。你認同嗎？

秀　實：你的問題裏提到：心對心，思想對思想，靈魂對靈魂，我再補充五個字：感官對感官，總結為「赤裸相對」。必須赤裸，不赤裸便是虛假。肉體因為衣飾而呈現假相。當赤裸時，在心靈面前便一目了然，唯有一個人尋找到自己思想上的赤裸，那麼他所寫才是真實

的。我的詩觀，其一便是「忠誠」。忠於自己的本性而赤裸地披露出來。這是好詩的必要條件。

心對心，思想對思想，靈魂對靈魂，加上感官對感官。因為心和靈魂是猶豫不定的，而感官對感官是詩歌文本與讀者之間最實在和最直接的關係。我那首〈孤單〉，必得讓讀者感覺孤單之痛，這就是感官對感官。我抒寫痛楚，讀者從我的作品中讀到痛楚，當你有相同的痛楚時，你會想起我的作品。文字與讀者之間的「感官對感官」的關係，才是真實的，其他的說法都是一種美麗的錯誤。

蘇曼靈：如果一個詩人的道德觀不被社會肯定或者認同，而他的這些思想又出現在作品中，世人該如何解讀？請談談個人的看法。

秀　實：我認為詩人創作時，內心並不存有道德和非道德的想法，他處於一個忠誠的思想狀態，而這個忠誠的思想狀態演繹在文字中，世人會認為他道德或不道德，這與詩人沒有直接關係。所以我不贊成用道德的標準去評價一首詩。而且道德會隨世風和時代而改變。一件事，今日做是道德，明天做是不道德；上世紀做是道德，本世紀做是不道德。我會問：甚麼才是究竟？舉例說，地域上，一些回教國家，認為女性暴露手腳是不道德的，而在西方社會女性暴露手腳是道德的，是一種人性的行為。時間上，明清時代，妻妾成群，是

男性的榮譽，表示他富裕，有社會地位。現在，任何一個男性如果有妻子以外的女性伴侶就是有違社會道德觸犯法律的行為。所以道德這個問題，詩人是不考慮的，只會考慮創作上的真誠。真誠是一種認知，與個人的經歷、閱讀和思想相關。我有這樣的思想，經歷和學問，自然孕育出一個思想來。這個思想存在於一個很複雜的境況中，當我要抽取這個思想出來成為文字時，我必須保持一種忠誠。我不會因為社會認為「偷情」不道德，我就加以批判或合理化。這都不是忠誠。當我面對一段感情是真實的，我就會書寫出來，至於寫成文字後，世人認為我的感情有違道德，或足以誦揚，都與我無關，道德並非文學作品的價值所在。

蘇曼靈：關於這一點我有一個疑問。例如，顧城，他的精神狀況有問題。剛剛我們討論過，讀一個詩人的作品等於在讀他的思想，並與他的靈魂產生共鳴。而你剛才提到過，當一個詩人在創作的時候，他會回歸自己的忠誠。請問，像顧城這樣的一個精神異常的詩人，他是否在寫詩的時候是一個正常人反而回歸生活中卻不正常呢？

秀　實：你舉顧城的例子非常好。顧城的創作情況正好解答了藝術與道德之間的問題。顧城殺死妻兒是違法的，毋庸置疑，但他詩歌所呈現的感情狀態和精神狀態，卻是忠誠的。一個人的行為在社會上是不道德的，但是

在詩歌裏，卻與道德無關。作品歸作品，詩人歸詩人。宋朝潘岳，詩歌呈現出高風亮節的精神面貌，但現實上卻是一個諂媚權貴、攀龍附鳳的官員。這即文學史上「高情千古閒居賦，爭信潘仁拜路塵」的典故。但是我們不會因為潘岳的人品否定他詩歌的價值。同樣，我們也不會因為顧城是一個殺人犯而否定他詩歌的價值。我要說的是：道德不能否定藝術品的價值。這就是讀者應該具備的對藝術品鑒的涵養，也因為這樣的涵養，我們才會解讀到不同作品而不相互排斥。西洋很多文學作品是不道德的。比如：母子戀。我們不會因為母子戀違反社會道德標準而否定莎士比亞，不會質疑莎士比亞為何要宣揚不道德的思想？正因為詩歌本身有其獨立的藝術價值，而這些藝術價值將會引領人類的精神文明抵達一個更高的層次，超越道德的局限。

詩歌是我最願意棲息的地方

蘇曼靈：有人說，詩人的精神狀況都是異於常人的。究竟是藝術令他們瘋狂還是生活令他們瘋狂？或者說，這些藝術家是否只有在創作的過程當中才是一個完整的人？

秀　實：我的情況是，我真實的生命只在詩中呈現出來，而非透過社會活動而呈現。很多人看到我個人和我的作品截然不同，這種誤解是因為他們未曾細讀我的詩歌。

真實的我存在於作品中，生活中的我有很多不同的面貌，可以說是一場「虛假的上演」。因為現代人接受社交的假象，並把假象當作真實世相。我的理解是：（1）每個人在社交場所的表現都是假的；（2）每個人在獨處時相對於社交狀態都較為真實；（3）獨處的人若是詩人，他在作品裏比獨處時又更真實。

蘇曼靈：按你的說法，作品中的你和現實生活中的你是不一樣的，你怎樣在不同環境轉變自己這種人格？這算不算人格分裂？

秀　實：從專業角度看，是精神分裂。這也就解釋了為何每一個詩人都是瘋子。我從事詩歌寫作時無需刻意轉變，因為我會在文字裏找到真實的自己。而在日常生活中，不同的社會環境，不同的人際關係，使我用不同的面孔去應對當時的世相。所以，現實中的我和文字中的我完全不同。我希望讀者能夠從這個角度去理解詩人，這樣會更加容易接近他的作品。

蘇曼靈：現實中和文字中有兩個「你」的存在，只有在文字中才會找到真實的自己。那麼，你在現實中有沒有安全感？

秀　實：我只有在文字中才找到安全感。文字是我最好的庇護工場，最好的療養院，最好的居停。詩歌是我最願意棲息的地方。在社會上，種種虛偽、荒誕、勢利、冷酷、自私……使每個人都沒有安全感。當一個人認

為他在社會上有安全感是因為他擁有一定的權力與財富，但是這個社會上，九成以上的人並不擁有財富與權力。所以我認為世間上的人都是沒有安全感的。他必須依賴信仰，而我的信仰就是詩歌。

用思想對抗這個平庸的時代

蘇曼靈：對於詩歌創作，你認為努力和天賦、學歷和經歷的比例如何？

秀　實：我認為天賦就是百分百的努力，客觀上並不存在對天賦的詮釋。中國自古以來，對於文學創作以及詩歌裏面，是有天賦的說法。比如江淹，因為得到仙人授予彩筆，所以他能夠寫出好的作品。但江淹讀書很多，他的天賦是從努力而來的。我覺得詩歌創作 90% 靠努力，10% 靠資質。天賦的形成並非指遺傳，而是指你在思想上到了某一個境界，而這個境界與平庸的人不一樣。而這個高度使得你對世間的看法、對人性的解釋、對未來的預言，都與眾不同，這就是「天賦」。詩歌創作依賴語言，試問語言不通過學習何來天賦？這已經很明顯地推翻天賦說。

寫詩，不必擁有一定的學歷，但得有學問和知識。我常對學生說：「厚積薄發」。閱讀厚至八成，寫作薄至兩成。還有「繪事後素」。要有好的紙張才能夠畫出好畫。一個人的學問修為在詩歌創作上相當重要，因

為人的知識與修為直接影響思想的刻度，一個沒有學問的人，他的思想不會深刻。一定要通過大量閱讀經典慢慢形成屬於自己的強大的思想狀態，這才是真正的「學歷」。「經歷」是一個很值得討論的文學創作問題，因為現代人生活在一個相對安穩的環境，尤其是香港。五十年代到現在，我基本上都活在和平的環境下。未曾經歷過戰爭、瘟疫、流亡、牢獄、飢餓、寒冷……作為一個和平時代的詩人，思想比甚麼都重要。如果擁有經歷，對於寫作來說，是一個非常寶貴的資產。所以我認為，作家面對不同的時代必須有不同的立身處世的方法。如果你找到一個好的立身處世的方法，對於創作才會有更宏大更開闊的氣魄。我是以思想來對抗這個平庸的時代。

蘇曼靈：你寫詩有多久？請問你對自己哪一個時期的作品較為滿意？那段時期你是否有一定的經歷？

秀　實：我讀大學時開始寫詩，已超過四十年，未曾中斷。可見對於詩歌非常執着，如在生活上找到一種附體，一種心靈的皈依。我不慕當世名利，也只有看淡名利才能夠持續對詩歌四十多年的追求。於我來說，寫詩是對生命的述說，是對生命的終身治療。生命的惡疾是不會馬上治癒的，或許是不可能治癒的。

有一種說法是：最好的詩歌尚未寫出來，但我不這樣說。《秀實詩選》將於本年年底出版，我得以重溫四十

多年來的詩作。每一個時期都有我喜歡的作品，也看到不同時期語言的差異。目前，我認為最理想的作品就是「婕詩派」的作品。原因是：第一，語言上，找到了與我思想最脗合的語言狀態，以繁複的句子書寫繁複的世相。第二，我形成了最核心的思想狀態。當思想和語言互相配合的時候，就是我們經常說的：詩歌就是形式加上內容。換一種說法：詩歌就是語言加上思想。「婕詩派」的作品正是如此。

再補充一下，簡單的句子只不過是「謊言寫作」。有人會說，老子和孔子都是簡單的，這同真偽無關。我認為現代人的所謂「簡單」只是一種虛假，真正的簡單是穿越了繁複的簡單。當你沒有穿越繁複，你的簡單就是一種假，是一種思想和寫作上的懶惰。我尋找到屬於自己的詩歌語言，而這種繁複的語言是不容易被抄襲的。

蘇曼靈：請問「婕詩派」是何時成立的？是甚麼原因促使你成立「婕詩派」？

秀　實：「婕詩派」成立於 2015 年 10 月，當時我在台南參加「福爾摩莎詩歌節」。八天的時間內，我對詩歌作了一個很深刻的思考和反省。我回顧了一直以來走過的道路，終於悟出這個詩派來。這是自詩歌本身的覺悟而誕生出來的一個詩派，並非巧立名目。與此同時，我也是通過感情上的際遇而尋找到這個詩派來。所以「婕詩

派」是上天對我詩歌寫作上的眷顧，在天時地利人和的情況下孕育而成。有關「婕詩派」的主張和作品，預計2018年出版的《婕詩派》詩集中會有詳細記述。

忠誠地書寫「小我」，即成「大我」

蘇曼靈：你的詩作，以抒發個人情感為主，帶有悲哀與無奈，偏向負面。似乎這個世界，除了你，還是你，都是以「小我」為出發點的作品。你憑甚麼認為讀者會進入你的詩境？

秀　實：你提到，我的詩歌以個人的感情抒發為主，我認同。大多數的詩歌都是以抒發感情為主的。其區別在形式，具體來說就是語言的操作。當中所謂的「切入點」，是思想，指你看這個世界的視點。你指出我詩歌充滿悲哀和無奈，偏向負面。我也認同。因為我了解的生命本質就是悲哀的。人生每一天都在步向死亡，這不容否定。每一天都在靠近死亡時，就不可以視若無睹地說「我不悲哀」。所以我覺得這是本質。但要說明的是，這種悲哀並非一種負面情緒，而是一種正面的描述，這樣才令生命出現了真正的意義。若我們逃避，便會說：今夜我是快樂的，死亡還很遙遠。生命倒很公平，每個人都會面對死亡，回歸於一無所有。所以這並不是一種負面情緒，而是詩人對於生命本質的了解，並作出了忠誠的述說。你又講到「無奈」，

我也認同。詩人，作為一個文字的操控者，深知語言的柔軟和局限，對於世間俗事，對於存歿，必然感到無奈。有些人以為可以改變人類改變世界，這是天真和狂妄的。我一介書生，無法改變世界，無法改變社會。中國古人有一句詩句：孤臣無力可回天。就是說一個朝廷命官，擁有權勢，對於社會也是無法改變的。當一個社會走向懸崖的時候，他是無法阻止的，這就是個人的無奈。大事固然無奈，小事也很無奈。比如感情的聚與散，利益的得與失，親人的去與留，都是無奈的。我們習慣尋求霎那歡娛。作為一個詩人，我得直面世界，直戳真相，宣以事實，無關負面或不負面，而是「真相」不能失。

你說我的詩歌寫小我，這有何問題？我的際遇，我的家人，這些都是小我。但我不書寫，難道讓別人去書寫嗎？別人會說，這些是你個人的事情，與我無關，這是小我的局限。但是，當你忠誠地寫小我的時候，已經成為「大我」了。所以書寫小我的關鍵在於是否忠誠。忠誠地書寫小我，就寫到人性，寫到慾望，寫到時代，只因個人的人性與慾望是與大眾共通的，所以這個小我的背後其實是有一種人性的大我存在。執著於細節瑣事的表象，未能撥開雲霧，這樣的小我就真是一種局限。作為詩人，一定要加以警惕。

蘇曼靈：你是一個有影響力的詩人，詩歌裏重複出現孤單和死

亡會帶給心靈脆弱的讀者怎樣的影響？你有沒有擔心
他們會受你的詩歌影響而變得消極和悲觀？

秀　實：這是詢問我如何看待讀者。我不歡迎平庸的讀者。平
庸的讀者應該去讀流行文學，而不是讀我的詩歌。一
個詩人，他的語言是軟弱的，他的存在也是軟弱的，
但是他的思想是強大的，所以我要求那些有強大思想
的讀者進入我詩歌的城堡裏面，而非膽小怕事、塗脂
抹粉的讀者來叩門。我的詩歌其實在傳遞一個正面的
情緒，而這個情緒正是解決他生存所遇到最大的問題
——死亡。人的存在其實是對死亡的詮釋。活着就是
詮釋死亡，只不過你不是直接詮釋，而是通過你生活
的姿態與方式來詮釋死亡。我現在就把這個問題提出
來給讀者，你要面對這個問題。當我們面對死亡時，
對我們生存的時間、空間，身邊的親人以及所有的朋
友及關係，會重新審視一次，從而更加珍惜更加知道
應該怎麼做；而不是通過逃避通過假象來度過一生。
西洋文論裏有人視詩歌為一種宗教，所謂宗教就是我
剛剛所說的：從詩歌裏找到面對死亡的方法，從而尋
到永生。這就是詩歌的宗教。我希望我的讀者從我的
詩歌裏找到罪與罰。

詩歌讓人存在的意義回歸於「人」上

蘇曼靈：「詩與遠方」是現時詩界的常用語。請你就「遠方」二字

作出詮釋。

秀　實：這正是我想談的詩歌創作的問題。當下的詩歌價值在個人思想的深層詮釋，進而以成功的詮釋（藝術）來影響外界，而非在詩教。我認同詩歌的精英化而拒絕詩歌的普及化。我寫過一首〈遠方〉，2016 年在深圳的「詩歌人間」活動中給譜成樂曲，演唱者是《中國好聲音》的得獎歌星高珺。在這首詩裏，我為「遠方」一詞作出了詮釋。詩歌讓我們知道，人存在的意義其實應回歸於「人」上，不能溺於金錢和慾望的漩渦裏，掙扎至沒頂。人在尋找可以為自己點燃生命意義的另一個人，或幾個人，那即「遠方」，而其中有我們至親的人在焉。因為那是與我生命相連的，「那人長成一束枯枝般 / 而秋天的落葉 / 如今都長在我的身上了」，那是相依為命的「命」。而這個點燃你生命的「真命」，你可能不得而知，可能突破傳統的倫理，也可能是下一個。而流浪即一種尋找遠方的方法。這裏的流浪，非單純的解釋為一種空間漂泊無定的生活狀況，而是一種在歲月如流中，對人臉桃花、緣分茫然的感悟。詩人眼下的城市，只是一個廢墟，所以拒絕城市的枯燥乏味，拒絕城市的添磚建瓦，拒絕生命的變質，而直戳生命的本質。「空間詩學」對遠方的詮釋，是學術上的，主要指詩歌並不讓讀者理解，而是冀求於一種感動，或說是心境。那即所謂的「遠方」。我這裏說的，

是個人在詩歌創作中的體悟，與空間詩學無關。

蘇曼靈：你與南來作家比較稔熟，與中國大陸和台灣詩壇的聯繫也頻密。你是土生土長的香港詩人，你如何看自己詩人的身份？

秀　實：活在流動的城市裏，寬廣的心胸是必須的。虛懷若谷是美德，但同時也可能讓自己沉淪。從前我不喜歡別人叫我詩人，現在我是徹底不同。我喜歡被稱為詩人。與詩壇交往只是一種生活方式，與詩歌創作沒關連。影響我詩歌創作最大的因素，是閱讀，而無關與當下一流或三流詩人的來往。我和古往今來的所有詩人一樣，沒有身份的迷惑。自己身份的歸屬，留待日後文學史家給我考證。

結束語

蘇曼靈：秀實的詩歌，意象豐富，常常能帶給讀者驚喜，詩語既樸素又華麗，詩語的發現和建構游刃古今。特別是「婕詩派」的創建，詩句以繁複的長句為特色，但讀來卻不覺繁厄。如秀實所說，詩歌是對世人的一種療傷，作者詩句裏的悲憂牽繞起讀者曾經的痛與楚，一首詩的閱讀，就是一場喚起與治療的過程；一首詩的閱讀過程，猶如一場驚世的愛情，猶如一場生命的輪迴，當讀者離開秀實的詩歌世界，又會重燃對愛情和生活的嚮往與追求。據我對秀實的了解，他感情細

膩，誠摯豁達，一生與詩相融相生相依，詩歌是他對生命的詮釋。秀實説，現實中的他和文字中的他不同，他自省經常會因為對詩歌的過分沉溺，而在世俗中迷失自我。希望讀者能夠從這個角度去理解一個詩人，這樣會更加容易接近他的作品；同時也希望讀者從詩人的作品中去發現和了解那個真實的他，以至這個世界。

* 訪問時間：2017 年 6 月 30 日。

〈孤單〉

我穿越城市的巨流，讓世界的燈火和喧鬧在背後

讓那所房子空洞，在日暮時黯淡成一個時光的囚牢

黑暗裏有一頭獸潛伏着，在牆壁的角落

我沒有遺忘，牠安靜如影子，只說簡單的話語

我不曾歌頌春天的靈雨和熏風，只紀錄了我的敗亡

懷疑一切的人和事物讓思想糾結為詩篇

身體卻逐漸空洞，直至那頭獸足以安居於此

而我的孤單有了溫暖，如夜色中一盞燈

當生命成全了理想的世界，我便歸來

那時落葉如雨，秋色稠密

我叩響的那些門後，光陰依舊

那頭獸仍在，牠仍說着簡單的話語，愛你

〈遠方〉

河流帶着白雲愈走愈飄渺

天空此時已無一物牽掛

那人長成一束枯枝般

而秋天的落葉

如今都長在我的身上了

她的影子凌亂不堪

季候的訊息，歇息在她那裏

她一直沉默而我開始

感到城市的淡而乏味

她是遠方，我只有流浪着

一

附錄

漢學家白睿文（Michael Berry）專訪

白睿文（Michael Berry），美國人，主要研究中國當代華語文學、電影、流行文化，以及翻譯學。

著作：

《光影言語：當代華語片導演訪談錄》、《鄉關何處：賈樟柯的故鄉三部曲》、《煮海時光：侯孝賢的光影記憶》、《痛史：現代華語文學與電影的歷史創傷》。

譯作：

王安憶《長恨歌》（*The Song of Everlasting Sorrow: A Novel of Shanghai*）

余華《活着》（*To Live: A Novel*）

葉兆言《一九三七年的愛情》（*Nanjing 1937: A Love Story*）

張大春《我妹妹》《野孩子》（*Wild Kids: Two Novels About Growing Up*）

舞鶴《餘生》（*Remains of Life: A Novel*）

方方《武漢日記》（*Wuhan Diary: Dispatches from a Quarantined City*）

先談談翻譯

蘇曼靈： 你的譯作有台灣作品，有大陸作品，兩地語言發音相近，但語言表達結構有一定區別，你在翻譯時，會不會將不同地區華文作品的地域語言特色區分開來？

白睿文： 每一位作者使用的風格都不一樣，當然有相當大的一部分作品使用標準的普通話，但也有相當多的小說語言會帶着地域性，比如說方言的運用。台灣國語和中國大陸的普通話也會有很多不同的用法。在翻譯的過程中都需要照顧到這些不同的用法。舉個例子：「幹」在中國大陸用得很頻繁，比如「你在幹甚麼？」、「我幹的是教育工作」等；但在台灣「做」是更常用的，如果「幹」一字出現在台灣的小說中，整句的語氣會顯得更重，所以翻譯的過程中需要考慮這些。比如說，中國大陸的小說中「你在搞甚麼？」這句，可能會翻譯成「What are you doing？」但要是出現在台灣的小說可能會換成「What the hell are you doing？」因為語境不一樣。還有一個差別是跟台灣現代歷史有關，因為從1895-1945年台灣是日本的殖民地，而且戰後因為美國的切入又受很深的美國影響，閱讀現代台灣小說會常常遇到日文和英文單詞，當然還有台語、客家話和原住民語言的影響，這些因素都令台灣文學帶着一種眾聲喧嘩的況味；翻譯中都需要盡量把這種多元化語境表現出來。

蘇曼靈：詩歌是不可被翻譯的，被翻譯的詩歌是再造詩；在你看來，小說的翻譯，中譯英和英譯中，哪一種譯本更容易被翻譯？翻譯後更忠於原著？

白睿文：英翻中或中翻英，哪一種更容易被翻譯，這完全得看譯者的水平和背景。一般來說，譯者從外文翻譯到自己的母語會比較容易；從自己母語翻譯到外文會比較困難。在自己的翻譯生涯中，我接了許多英譯中和中譯英的項目，但我所做的所有小說翻譯項目都是中譯英，要是請我英譯中我也可以做，但效果會比不上中文為母語的專業譯者。這應該算翻譯學的一個硬道理，除非譯者從小在一個完全雙語的環境長大，一般的譯者都會有一個「母語」，翻譯成母語還是最佳的效果。

蘇曼靈：香港在文學作品的翻譯方面遠遠不如台灣和大陸，你認為這種困境是哪些因素造成？

白睿文：我覺得這也是一個自然的現象，跟各個地方的文學產量有直接關係，香港畢竟是一座城市，所以，無論是從人口的角度看，還是地域的角度看，它還是跟台灣地區和大陸地區很不一樣。略看每年出版的香港文學作品、台灣文學作品和大陸文學作品，便會發現，香港的產量最少。因此我覺得香港文學譯成外文，數量比台灣和大陸少也是很自然。另外大陸和台灣政府都有龐大的翻譯贊助政策（尤其這十年以來），這也有

助於讓大陸和台灣文學走向世界；香港對贊助外譯好像做得沒有大陸和台灣積極。還有一個差別：香港文學出了大量的通俗作家，相對來說，嚴肅作家比較少；而海外出版的大部分華語文學都是嚴肅文學作品為主，多多少少這也給香港文學走向世界造成一定的挑戰。雖然這樣，還是有不少香港作家的書在海外出版，包括金庸、李碧華、西西、董啟章等等。

港產片的那些年

蘇曼靈：請談談文學與時代／潮流的關係，不同時代，「潮流」對風格有何影響。

白睿文：每一個時代都會有屬於它自己的一些文化特徵和潮流。如果接着講港台的通俗文化的話，一想到七十年代，立即會聯想到瓊瑤的三廳電影、金庸的小説、李小龍的電影、鄧麗君的歌等等。八十年代也許會想到成龍的電影、《龍的傳人》、李碧華的小説等等；到了九十年代又是王家衛的電影、王菲、周華健、齊秦的歌等等。其實可以一直講下去……每一個時代的特殊背景下都會出現一些通俗文化潮流。多多少少，這些潮流都會跟當時的文化、政治、經濟背景有關。比如説香港八十年代中旬到了九十年代末出現一系列的「回歸電影」，包括《春光乍洩》、《甜蜜蜜》、《香港製造》、《榴槤飄飄》等等。這種潮流都是在當時特殊的政治和

社會語境下出現的文化產物，跟當時的社會是分不開的。或者看看中國大陸八十年代末的一些文化產物：崔健的歌、電視劇《河殤》、北島、海子和顧城的詩；他們放在一起也會形成另外一種文化想像，另外一種潮流，剛好也跟六四之前的整個中國社會有一種呼應。所以了解一個時代，不只是要看歷史著作，也需要深入當時的文化語境，需要了解當時的老百姓在讀甚麼書、看甚麼電影。這也都有助於我們進入另外一段歷史的想像。

蘇曼靈：說起電影，港產片隆盛後的回落甚至蕭索，除各種市場因素外，你認為，是否與劇本有關係？香港的電影劇本或者適合改編劇本的文學作品，欠缺了甚麼？

白睿文：不能說香港電影劇本有「缺點」或「欠缺」甚麼，他們就是跟其他華語電影地區不一樣，有自己的特色和特徵。略看三個華語電影地區的新浪潮（香港的新浪潮，台灣的新電影和大陸的第五代），很明顯的一個區別是香港的新浪潮要比其他地方更加商業。實際上，香港電影一直比大陸和台灣電影更加「商業」，這是跟整個香港文化有關係。香港一直是個商業和貿易中心，在其藝術的表現上也自然而然地呈現一種更加商業的面貌。但這不一定要看作一種欠缺，其實香港在八十年代和九十年代也推出很多特別重要的商業電影和類型電影，包括吳宇森的江湖片、許氏兄弟的喜劇電影、

徐克的神怪武俠電影等等。説到編劇，其實香港電影最重要的一個代表人——王家衛就是編劇出身的。還有像《甜蜜蜜》的編劇岸西女士也是香港編劇界中的才人。雖然當時香港的商業電影在全世界聞名，但港片也有不少傑出的藝術電影和創作人，如許鞍華、陳果、方育平等人都拍過非常傑出的藝術電影，還有幾間很好的獨立電影製片公司，包括影意志。

你所提到的蕭索，也許指的是九七後的狀況，但那是跟劇本無關的。主要是香港電影圈的許多人才都「北上」，參與中國內地的電影項目和中港的合拍片項目。隨着中國大陸電影產業的快速發展，越來越多的香港電影人都完全擁抱大陸的市場，人才往外流，港片就開始進入一個低潮時期。留在香港的電影人的創作空間也漸漸地受到一些限制。

蘇曼靈：世界正漸漸走向一體化，文字的流通和可讀性以一種「在日常生活中行動」的方式而存在，身為寫作者，該當如何與「平庸」和「一體化」的社會抗衡？

白睿文：十五年前我非常欣賞的一個爵士音樂團 The Pat Metheny Group 推出了一張名為 *The Way Up* 的新專輯，該專輯是一首完整的曲子，分成四個部分，全曲為 68 分鐘，而音樂的整個結構相當複雜，需要耐心聽，而且對很多聽眾算是一個蠻大的挑戰。當時我看了吉他手和作曲家 Pat Metheny 的一篇訪談；他説當時全世界開始流行

下載 ringtones（電話鈴聲）；都是幾秒鐘而且最通俗的音樂，這代表一種「速食文化」的蔓延。當時為對抗這種又淺薄又無腦的潮流，Pat Metheny 便決定推出一首 68 分鐘的曲子，其音樂極其複雜又有深度，這就是 *The Way Up*（《向上的路》）。我是非常認同和贊成這種做法。就算整個社會都往「平庸」走，就更需要有人逆流而上。這是我為甚麼後來決定翻譯《餘生》這樣的書的原因之一；在微博和推特的世界裏，就更加需要像《餘生》這樣的小説。

期待美麗的文學遇見

蘇曼靈：你擔任了數屆「紅樓夢獎」的評判，請就中港台文學作品各自的特色做一個簡要的比較？

白睿文：「紅樓夢獎」的一個特色是參與的作品不分地域，只要用華文寫作的小説都可以參與。略看大陸的文學獎大部分的入圍者都是中國大陸的作品，但「紅樓夢獎」不一樣，每一屆都有大陸、台灣、香港、馬來西亞、新加坡、甚至旅美的小説家參加或入圍，這樣會展現一個更加多元的華語文學世界。我不喜歡一概而論，我覺得說大陸的小説都是這個樣子、台灣的小説都是那個樣子是很不公平的。其實每一本書都是一個單獨的世界，它都代表一個獨特的文學視野。我擔任「紅樓夢獎」評委將近十年，今年才退下來，而那段時間裏我評

小說唯一的標準是想選出一本「當代經典」。每一屆都希望可以找到一本可以經得起時間考驗的佳作，我也不管這個經典是來自台灣、大陸或其他地方。

蘇曼靈：請談談自己的閱讀經驗，談談自己喜愛的作者與作品。

白睿文：我真正的閱讀經驗應該是從十七、十八歲的時候開始，高中有一位英文老師Jensen先生，他給我的影響非常之深。當時他就開始向我介紹一些文學作品，比如馮內古特的《第五號屠宰場》、赫塞的《德米安》。畢業的時候，老師還向我推薦三本書：《流浪者之歌》、《萬里任禪遊》和《銀河系漫遊指南》。可以說這三本書都把我送上一段文學的旅程，而幾十年之後，這場旅程還未停止。大一那年算是我的文學啟蒙，一整年我盡量維持一天一本書的閱讀習慣。從柏拉圖的《理想國》到陀思妥耶夫斯基的《罪與罰》，又從叔本華的《道德論》到梭羅的《湖濱散記》，算是我個人的一個世界文學和哲學史的漫遊記，也算是一種大補課。

十九歲那年我第一次去中國，也開始接觸中國文學。從那個時候到現在已經將近三十年，而在這段時間內，我閱讀的中文作品相當多。了解我最喜愛的作者和作品的一個捷徑是先查看我所翻譯的小說。翻譯一本書需要相當大的毅力，需要投資大量的時間和精神；所以我所翻譯的小說也都是我特別欣賞的作品。從余華的《活着》到王安憶的《長恨歌》；從張大春的《我

妹妹》到舞鶴的《餘生》；又從葉兆言的《一九三七年的
愛情》到方方的《武漢日記》（雖然後者並非小說類），
這些書都有一個共同點：我都是先喜歡上原作才開始
翻譯。假如把自己的譯作放到一邊，我另外還有很
多欣賞的中文作者，包括：魯迅、沈從文、汪曾祺、
鍾阿城、駱以軍、朱天文、閻連科、莫言、董啟章等
等。好的作品確實很多，只可惜我現在讀散書的時間
越來越少，現在我大部分的閱讀都被我的教學和研究
任務決定了。

人品與作品

蘇曼靈：你認為，作為寫作者，他的作品以及作品中流露的思
　　　　想，應該對自己負責還是對社會、對讀者負責？

白睿文：首先要對得起自己，要對自己負責。從某一個角度
　　　　看，對自己負責就是對讀者負責。

蘇曼靈：你認為，寫作者的人品、情操、三觀對其作品是否有
　　　　一定的影響？

白睿文：這個問題比較複雜：有時候你見到一個作者會發現她
　　　　就是其作品的化身，也有不少作者講過，他們作品裏
　　　　的人物多少都有作者本人的影子在內。不過，同時也
　　　　有一些作品讀了之後非常喜歡，愛不釋手，但當見到
　　　　作者，又會有完全不一樣的感覺。好比錢鍾書的那句
　　　　名言：「吃了一個雞蛋覺得不錯，有必要去認識那隻下

蛋的母雞嗎?」因為我不希望一概而論,我相信一個作家的人品一定會給其作品一些決定性的影響,但同時也有不少缺德的人寫過美麗的書,還有不少人品特別好的作者寫出陳腔濫調的小說;甚麼樣的組合都有。

蘇曼靈:你會不會以個人標準看待作者與作品?

白睿文:不一定,所謂「標準」也隨着時間隨着個人的成長和閱歷的累積會有所調整。但跟前面討論「紅樓夢獎」一樣,看作品的時候,都希望能夠讀到「好書」。何謂好書?就是有突破性的作品,寫出別人寫不出來的內容或故事,為讀者提供一個新的視角,而且能經得起時間的考驗。但把話說回來,有時候喜歡上一本書跟這些都沒有關係的。跟談戀愛一樣,有時候好像沒有理由,它可能在你的潛意識裏喚起一些記憶或感受,讓你產生認同感。為甚麼我十八歲看《萬里任禪遊》愛不釋手?一個是 timing(時機),我在人生中的那個階段就是需要那本書傳來的信息,要是早一點我聽不進去,晚一點也不一定有興趣聽;但恰好在那個時候遇到我需要聽的聲音。人與書之間的關係總是如此微妙。

文學與哲學的漂流瓶

蘇曼靈:我留意到一點,西方社會裏,不同時代的哲學與文學會彼此影響,然而近代有影響力的哲學家並不多,或者說,中國和西方社會一樣,哲學已度過開拓和發展

鼎盛期，步入繼承和守成期，甚至停滯不前沒有更高層次的進展了；在文學方面，似乎也有這樣的衰退潮，這種瓶頸，是否與社會的繁榮或經濟發展有關？又或者，中西哲學與文學的進一步發展，是否融合與交集後才會綻出火花呢？你有甚麼看法？

白睿文：其實每一個時代都有屬於它自己的作者和哲學家，當下是否代表着一種衰退或鼎盛期，這個問題恐怕需要等後人來評價。從一個歷史大觀的角度看，我們確實離我們自己的時代太近，有很多事情無法看清，也無法給一個客觀的評價。就算這樣，我覺得這幾十年以來，應該還是有很多文學和哲學之間的互動。想想七十年代末和八十年代初期的台灣，胡蘭成給朱天文、朱天心和整個三三集刊帶來的影響；或同一個時代大陸的改革開放，一下子有許多西方大師級的哲學家如薩特、叔本華、尼采都湧進去，也給中國八十年代新崛起的一代作家很深的影響。目前也有不少傑出作家，在他們的作品裏，從字裏行間處處都可以讀到哲學的痕跡，比如香港的董啟章就是最好的一個例子。既然這樣，我不得不承認，我們現在似乎離「印刷時代」越來越遠，已經完全走進一個「電子時代」；很多人整天看微博、微信、臉書和推特，他們似乎已經沒有時間、精力和興趣去閱讀嚴肅的文學或哲學作品。但我不相信「絕對的」，當人都走上一個極端的時候，

總是還會有「逆流」出現。

文學與市場

蘇曼靈：十九世紀，美國流行文學崛起，使得美國形象迅速全
球化，這種崛起和繁盛與美國強有力的營銷策略是否
有一定的關係？

白睿文：我不是英美文學的專家，所以不好評論。但總的來
說，就像魚離不開水，文學是離不開它的社會背景。
那是文學帶動或增加全球化的速度，還是全球化帶動
了美國的流行文學？也不好說，應該是相互影響吧。

蘇曼靈：不同世紀的文學有不同風格和主題，二十一世紀文學
的想像，該當如何定性和展望？

白睿文：二十一世紀的文學想像應該是有好幾個值得我們去關
注的主題，這些主題也會在不同地區（比如台灣、香
港、大陸等）有不同的表現。在台灣的話，二十一世紀
就是一個「眾聲喧嘩」的時代，從解嚴到現在有許許多
多的新文體和新類型出現了，而且還變成了當代台灣
文壇不可缺少的重要文學聲音。這些新的主題或類型
包括：新武俠小說、同志小說、原住民小說、實驗小
說、政治小說、大河小說等等。在中國大陸也有不少
新的類型的出現，比如網絡小說。但最帶有影響力的
恐怕是科幻小說；像劉慈欣、韓松、夏茄等作家不只
是開拓了中國當代小說的視野，他們還改變了整個國

際文壇。而且恰好，因為科幻這個類型也可以逃脫「國界」的限制，它也為中國文學開了一條新的道路。

中國的歷史及其形象

蘇曼靈：中國形象的崛起會對中國當代文學造成甚麼影響？

白睿文：近期許多中國大陸的官方媒體都在討論如何打造「中國形象」等問題，其實這都是政治問題，跟真正的文學應該沒有太多關連。當然在中國大陸的體制內，可能會有作協或相關單位呼應這樣的一個政策，也許會有一批新的文學作品試圖提供「正能量」，呈現一個新的中國形象。但我個人覺得這種「為了呼應政策而寫」的作品，一般沒有很深的文學價值和意義。文學的創新和推進永遠不是依靠政策來推動的；它應該是一種自然的流露，一種自然的爆發。

而且「形象」這個東西本來就是很抽象的，它會隨着時間而改變，而且每一個群體和個體都會對中國有不同的形象。我的「中國形象」跟你的「中國形象」不一樣，就像貴州人和瀋陽人的「中國形象」不同，就像愛爾蘭人和日本人的「中國形象」又不一樣。文學是可以做一個文化或國家的使者，它是有這種可能性，但我不覺得它一定要負載這種義務。

蘇曼靈：中國的傷痕文學起於二十世紀七十年代末，但是對文革的反省還是不夠深刻，在你看來，這些局限是客觀

因素還是主觀因素造成？

白睿文：在它出現的特殊時代裏，傷痕文學又扮演過一個非常重要的角色。但涉及到文革不只是傷痕文學，在文學史裏，傷痕文學不過是敍述文革的一個開端。傷痕之後還有「尋根」、「反思」、「先鋒」，還有後來的「商業文學」也都是藉着傷痕文學的文革敍述。這種敍述也一直在改變，多多少少也是會受到政治因素的影響，比如說當年鄧小平講過「哭哭啼啼，沒出息」，等於是傷痕文學的落幕之歌。但等它一落幕便有新的敍述方式開始出現，比如「尋根」。「尋根」和「反思」面對文革都沒有「傷痕」那麼直接，他是運用寓言、隱喻和其他手法來探索相關的問題。

其實你說「傷痕」和其他文革敍述不夠深入，也是跟當時的實際政治情況有關係。比如說，講到「追責」的問題，除了「四人幫」當然還需要面對毛澤東在文革中所扮演的角色，但因為有很多「禁區」無法碰，文學裏的想像和表現的手法都會受到限制。好比寫猶太人大屠殺為背景的長篇小說，但有人指定不許提「納粹」這兩字，怎麼辦？但無論如何，現在閱讀當時的《班主任》、《傷痕》、《孩子王》，甚至後來的《馬橋辭典》等，都有他們的歷史和文學意義。

蘇曼靈：對每個國家而言，文學作品都可能為時代代言，在你看來，中國當代文學，在中國社會扮演着甚麼角色？

白睿文：文學不是單一的，文學可以扮演多重角色。文學可以為政治服務，它可以是逃避現實的消遣品，它可以讓你反思社會的黑暗面、提供一個譴責或吶喊的通道等等。文學一直是這樣的。每一個作品都會有屬於它自己的讀者群，而且每一讀者都可以從作品中獲得不同的信息和感受。所以不只是莫言的小說跟瓊瑤小說扮演的角色不一樣，莫言小說在每一位讀者的身上所發揮的作用也會不一樣。就是說我心目中的沈從文與你心目中的沈從文肯定是不一樣，但這也是文學的魅力所在。

風骨，是文學人的脊梁

蘇曼靈：是甚麼促使你翻譯《武漢日記》？這部作品在美國引起怎樣的影響？

白睿文：我兩年前通過微信認識方方老師。當時就開始討論一個翻譯項目。去年便開始着手翻譯方方老師的一本長篇小說。為甚麼決定跟方方合作呢？沒別的，就是因為欣賞方方老師的文風，也很喜歡她的小說。（我是九十年代中旬就開始讀方方的小說，算是她的老讀者！）小說翻譯了幾章，還在行進中，後來到了今年年初疫情來到武漢了。

因為多年以來非常關心中國的狀況，我也一直在關注新冠病毒的來龍去脈，也特別關心武漢老百姓在疫情

的陰影下的生活狀態。2月10日我還在我任教的學校主辦了一場「新冠疫情座談會」,該座談會專門請了五位資深的傳染病專家深談這次病毒的種種情況。當時就覺得這麼大的事情正在發生,美國政府都不出聲,但我還是要出一分力。

因為我知道方方老師是老武漢人,我也時而給她寫信表示關心關心。後來在無意中發現方方在寫日記。(不是方方告訴我的,而是我的一位老師提到的,我後來上網查,就開始閱讀。)讀了幾篇之後,我便有一種非翻譯不可的衝動。於是,我就發短信給方方老師,提了一方案,不如把《軟埋》先擱一擱,先全力以赴於《武漢日記》的翻譯工程。方方老師一開始有點猶豫,覺得疫情還沒完,日記還在寫,她擔心有點不妥。我也完全尊重她,而且因為人在疫區中,我也不想給老師任何壓力。幾天之後,關於《武漢日記》的各種報道開始多起來,內地的讀者群一天比一天多。後來我和方方決定還是翻譯,我就馬上開始我的工作。方方一邊寫,我一邊翻譯,這算是一種「同步翻譯」吧。

這書在美國出版之後,反應良好。《紐約時報》、《紐約客》、《華盛頓郵報》等報紙都給它非常高的評價。

雖然如此,中國部分網友還是不斷地在攻擊這本書、原作者,甚至我。對《武漢日記》的批鬥大會已經持續了好幾個月。

香港，獅子山精神

蘇曼靈：以香港目前的政治趨勢，你會不會擔心文學不再有天地？請你就香港文學作一想像：假如「思辨」不能再流於筆尖或發之以聲，「思辨」將以何種形態存在？

白睿文：香港文學不會死，但它肯定已不是昔日的香港文學。其實有許多香港的通俗文學作品，應該都不會受到任何影響。另外有一些類型或文類會受影響。我相信總會有一些流亡華人作家還會從海外發出不同的聲音，但香港本地的很多作家恐怕會變得更加保守和謹慎。

蘇曼靈：你對香港文學筆耕者，有何建議和期盼？

白睿文：其實香港已經有不少了不起的嚴肅作家：西西、董啟章、黃碧雲、鍾曉陽、韓麗珠、陳冠中等等。當然香港還有一個非常好的通俗文學傳統，從金庸到張愛玲，從李碧華到亦舒，又從張小嫻到深雪。還有好幾位大陸往香港的作家，比如南京的葛亮，他也是一位非常有才華的作家。

請我向香港文壇提出建議，我實在是不敢當。但香港文壇目前要面對一種多重危機的狀態，又有政治的壓力，又有讀者群的萎縮。在這種情況之下，寫作會越來越難堅持下去。但我相信堅持寫作的人是別無選擇，我所認識的傑出作家當中，大部分寫作不是為了政治也不是為了讀者，更不是為了掙稿費，是因為他們心靈有一股力量逼使他們去寫。我估計這種作家永

遠會有，永遠會寫下去。

結束語

蘇曼靈：2018 年，獲蔡益懷先生邀約參加「紅樓夢獎」頒獎禮，
與白睿文相遇，時隔兩年，正值嚴峻疫情下，因欣賞
白睿文身為文人的不歪，有了相約……

* 訪問時間：2020 年 6 月。
　本篇訪問以書信方式進行。

後記

經得住時間淘潠的文學作品，無論以文字或是聲音表達，那些深具想像力、富有創意和智慧的點子，都需要執筆者有深邃迥異的洞見，凝煉漂亮的語言，配合邏輯思維和寫作技巧的處理，使得理性和感性、輕盈與沉重彼此完美結合，才能與世界和讀者形成良好的溝通。

*　　*　　*

沏好一壺茶。

你們，坐在我的對面，語調時緩緩時激盪，漫談寫作觀念的形成、創作習慣、不同語種的書寫、文學現象與社會現象等等。

我專注地聆聽，當對談出現新亮點，我又不得不及時打斷，並提問：「不好意思，您剛才說⋯⋯」。

如是地，重複又重複。

每一位受訪者的提問均度身定製，預設問題其實是偏多的。

茶香褪去時，已近三個時辰。

感謝諸位受訪者接受訪問，且不嫌其煩，實是晚輩之榮幸。

想訪問的作者太多，暫錄此十一家。

蘇曼靈

2021 年 6 月

責任編輯：羅國洪

封面設計：Alice Yim

在時間的河床上抒寫——作家詩人訪談錄

蘇曼靈　著

出　　版：匯智出版有限公司

香港九龍尖沙咀赫德道2A首邦行8樓803室

電話：2390 0605　　傳真：2142 3161

網址：http://www.ip.com.hk

發　　行：聯合新零售(香港)有限公司

香港新界荃灣德士古道220-248號荃灣工業中心16樓

電話：2150 2100　　傳真：2407 3062

印　　刷：陽光(彩美)印刷有限公司

版　　次：2021年7月初版

國際書號：978-988-75441-8-0